고려, 몽골에 가다

016

고려, 몽골에 가다

초판 1쇄 인쇄 2022년 3월 25일
초판 1쇄 발행 2022년 4월 1일
–

지은이 이명미
펴낸이 이방원
편 집 정조연 · 김명희 · 안효희 · 정우경 · 송원빈 · 박은창
디자인 박혜옥 · 손경화 · 양혜진   **마케팅** 최성수 · 김 준 · 조성규
–

펴낸곳 세창미디어
　　　　신고번호 제2013-000003호 주소 03736 서울특별시 서대문구 경기대로 58 경기빌딩 602호
　　　　전화 723-8660 팩스 720-4579 이메일 edit@sechangpub.co.kr 홈페이지 http://www.sechangpub.co.kr
　　　　블로그 blog.naver.com/scpc1992 페이스북 fb.me/Sechangofficial 인스타그램 @sechang_official
–

ISBN 978-89-5586-716-9 04910
　　　　978-89-5586-492-2 (세트)

ⓒ 이명미, 2022

세창역사책사
016

고려, 몽골에 가다

이명미 지음

세창미디어
MEDIA

I

들어가며

궁중 의복 새로이 고려양(高麗樣)을 숭상하니

모난 깃에 허리를 지나는 짤막한 옷소매로구나.

_____원대 말의 문인 장욱(張昱)이 지은 「궁중사(宮中詞)」라는 시의 한 구절이다.

13~14세기, 약 100여 년 동안 이어진 고려와 몽골의 관계 속에서 고려에 유입되어 유행한 몽골풍과 짝을 이루어, 고려에서 건너가 몽골에서 유행했던 고려양에 대한 대표적인 기록이다. '양(樣)'이란 모양, 양식, 문채라는 의미이니, 고려양이란 고려의 양식, 다시 말해 '고려 스타일'이라는 의미가 되겠다.

고려양과 몽골풍은 전쟁, 간섭과 저항 등 갈등적인 요소가 두드러지는 고려와 몽골의 정치적 관계 속에서도 두 나라 사이에 문화적 교류가 이루어졌음을 보여 주는 요소로 주목받아 왔다. 특히 이들 고려양과 몽골풍은 단순히 문화적 교류 자체를 목적으로 이루어진 교류 혹은 교역의 결과가 아니라, 고려와 몽골의 관계 속에서 국경을 넘었던 많은 사람들을 매개로 해서 전파되었던 문물과 생활양식 및 그를 포괄하는 문화적 스타일이라는 점에서 당시의 시대상을 이해하는 데에 많은 시사점을 준다.

몽골은 그간 고려가 접해 왔던 중국의 다른 왕조들에 비해 강한 물리력을 보유하기도 했지만, 고려와 몽골의 관계에는 고려가 이전까지 맺어 왔던 다른 중국 왕조들과의 관계에서 볼 수 없는 요소들이 다수 포함되어 있기도 했다. 대표적으로, 고려 국왕들은 즉위하기 전, 수년 이상 몽골에서 황실 구성원들의 친위부대인 케식의 구성원으로 활동했으며, 어린 나이에 사망한 경우를 제외하고는 모두 몽골의 공주들과 혼인했다.

이러한 고려와 몽골의 정치적 관계 속에서 타의에 의해, 혹은 자의 반 타의 반으로 국경을 넘어 몽골에 가게 된 많은 고려 사람들이 있었다. 공녀와 환관 등이 일단 그 대표적 사례일 것이며, 그 외에도 몽골로 가는 고려 국왕 및 종실들을 수행한 다수의 고려 사람들이 있었다.

한편, 몽골제국 중심의 동아시아 질서가 어느 정도 안정을 찾게 되면서 그 도읍인 대도(大都)는 정치, 경제, 문화의 중심지가 되었다. 몽골은 이전의 중국 왕조들에 비해 그 범주가 확장되기도 했거니와, 그와 정치적 관계를 맺지 않은 나라들과도 경제적인 교류를 활발히 진행했다. 대도는 다양한 문화권으로부터의 사람들과 그들과 함께 들어온 문물과 재화가 모이는 곳이었고, 그러한 사람들 가운데에는 몽골제국과의 정치적 관계 속에서 어쩔 수 없이, 타의에 의해 흘러든 사람들도 있었으나, 개인의 성취를 위해 자발적인 의지로 몽골을 찾은 이들도 있었다. 그 가운데 고려 사람들도 포함되어 있었음은 물론이다.

이렇게 몽골로, 그 수도인 대도로 모여들었던 고려 사람들과 함께 전해졌던 고려 스타일의 복식, 음식, 음악 등은, 그러한 고려 사람들 가운데 어찌 보면 가장 큰 성취를 이루었던 고려 공녀 출신 기황후의 등장을 기폭제로 하여 '고려양'이라는 이름으로 불리며 큰 붐을 일으키게 된다.

이 책은 원대 말 궁정 안팎에서 고려양이 유행했던 양상과 그 배경에 대한 이야기이며, 고려양 유행의 배경이 되었던 많은 고려 사람들의 몽골행에 얽힌 이야기이다. 동시에 이는 몽골과의 관계를 통해서 접하게 된 세계 속에서 고려 사람들 개개인이 꿈꾸게 된 성취에 대한 욕구, 그리고 그러한 성취를 가능하게 한 그 시대에 대한 이야기이기도 하다.

몽골과의 관계는 고려에 여러 제약과 부담을 가하기도 했지만, 고려 국왕을 포함해 많은 고려 사람들에게 새로운 기회를 제공하기도 했다. 고려 사람들은 몽골과의 관계에서 파생되는 정치적 제약이나 압박에 저항하기도 했지만, 몽골과의 관계를 통해 더 넓은 세계를 인식하고 그 안에서 꿈을 키우고 나름의 성취를 이루어 내기도 했다. 사람이 사는 세상은, 그리고 사람들의 관계는 예나 지금이나 단순하지 않다. 이 책이 13~14세기를 살아갔던 고려인들에게 몽골과의 관계가 어떤 의미를 가졌을 것인지에 대해 조금은 더 '복잡하게' 생각해 볼 수 있는 계기가 되기를 기대한다.

이 책에 담은 내용은 기왕의 많은 연구 성과들을 기반으로 한다. 다만 교양서로서 가독성을 높이기 위해 일일이 각주를 달지는 못하고, 책 말미에 참고문헌으로 대신하는 것에 양해를 구한다. 더불어 좋은 기획으로 이 책을 쓸 기회를 주신 세창미디어에 감사드린다.

차례

몽골 복속기 고려 국왕위 계승도

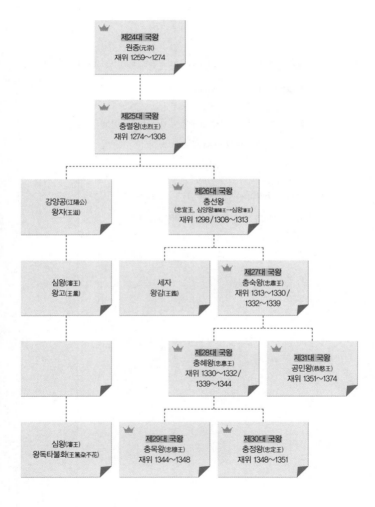

제24대 국왕
원종(元宗)
재위 1259~1274

제25대 국왕
충렬왕(忠烈王)
재위 1274~1308

강양공(江陽公)
왕자(王滋)

제26대 국왕
충선왕
(忠宣王, 심양왕瀋陽王→심왕瀋王)
재위 1298/1308~1313

심왕(瀋王)
왕고(王暠)

세자
왕감(王鑑)

제27대 국왕
충숙왕(忠肅王)
재위 1313~1330/
1332~1339

제28대 국왕
충혜왕(忠惠王)
재위 1330~1332/
1339~1344

제31대 국왕
공민왕(恭愍王)
재위 1351~1374

심왕(瀋王)
왕독타불화(王篤朶不花)

제29대 국왕
충목왕(忠穆王)
재위 1344~1348

제30대 국왕
충정왕(忠定王)
재위 1348~1351

몽골제국 카안위 계승도

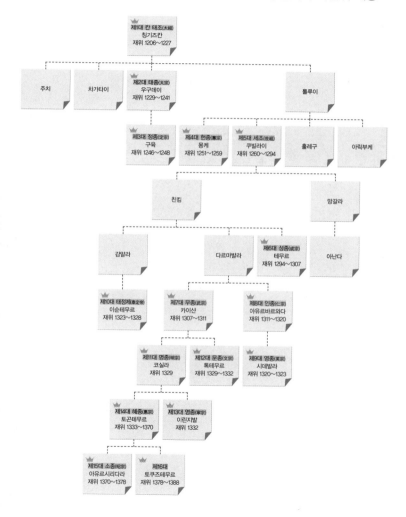

제1대 칸 태조(太祖)
칭기즈칸
재위 1206~1227

주치

차가타이

제2대 태종(太宗)
우구데이
재위 1229~1241

톨루이

제3대 정종(定宗)
구육
재위 1246~1248

제4대 헌종(憲宗)
몽케
재위 1251~1259

제5대 세조(世祖)
쿠빌라이
재위 1260~1294

훌레구

아릭부케

친킴

망갈라

감말라

다르마발라

제6대 성종(成宗)
테무르
재위 1294~1307

아난다

제10대 태정제(泰定帝)
이순테무르
재위 1323~1328

제7대 무종(武宗)
카이산
재위 1307~1311

제8대 인종(仁宗)
아유르바르와다
재위 1311~1320

제11대 명종(明宗)
코실라
재위 1329

제12대 문종(文宗)
톡테무르
재위 1329~1332

제9대 영종(英宗)
시데발라
재위 1320~1323

제14대 혜종(惠宗)
토곤테무르
재위 1333~1370

제13대 영종(寧宗)
이린지발
재위 1332

제15대 소종(昭宗)
아유르시리다라
재위 1370~1378

제16대
토쿠즈테무르
재위 1378~1388

I

1장

고려양, 고려 스타일

원말기 〈고려양의 유행〉은 기황후의 존재를 기폭제로 한 것으로, 이는 단지 고려-몽골 간 문화적 교류라는 의미를 넘어 당대 사회상과 사람들의 지향을 보여준다. 이미 〈성취〉를 이루어 낸 개인에 대한 선망 혹은 시기와 질투, 나도 그러한 성취를 이루어 내고자 하는 욕망, 그리고 개인이 그러한 성취를 이루어 내는 것을 가능하게 했던 고려-몽골 관계의 면면들.

1. '고려 스타일', 몽골에서 유행하다

1) '고려 스타일' 복식의 유행

     고려양과 몽골풍. 13~14세기 몽골에서 유행했던 고려양과 고려에서 유행했던 몽골풍 이야기는 누구나 한 번쯤 들어봤을 것이다. 고려 후기의 역사는 30여 년에 걸친 몽골과의 전쟁과 이후 100여 년간 이어진 몽골의 정치적 영향력으로 인한 갈등 상황이 주를 이룬다. 이러한 가운데 확인되는 고려양과 몽골풍은 갈등 국면에서도 고려와 몽골 양국 간에 문화적인 교유가 있었음을 보여 준다.

    벼슬아치, 장사치와 같이 '~하는 사람'을 의미하는 '~치'

로 끝을 맺는 단어들. 설렁탕, 고기만두 등 육류를 이용한 음식. 족두리와 연지. '몽골풍'이라는 이름으로 고려에서 유행했던 몽골의 언어와 음식, 복식 등이 이후에도 그 잔영을 남기고 있는 사례들이다.

근래에는 몽골의 고고와 조선의 족두리 사이의 연관성을 부정하는 논의가 이루어지고 있고, 연지 역시 고려 후기보다 훨씬 이른 시기에 이미 한반도에서 사용되었음이 이야기되고 있어, 이들을 몽골풍에 포함시키기는 어려워졌다. 그러나 이 외에도 몽골풍의 구체적인 사례들은 비교적 잘 알려져 있다. 당시 고려에서 유행했던 몽골식 모자와 복식 등은 그 실물이 남아 있기도 하다.

한편, 원 말기에 고려양이 유행했음을 언급한 여러 기록들에서 '고려양'이라고 지칭된 사례는 주로 고려 스타일의 복식을 가리키는 경우이다.

궁중 의복 새로이 **고려양**을 숭상하니,
모난 깃에 허리를 지나는 짤막한 옷소매로구나.
밤마다 궁중에서 앞을 다투어 구경하니,
전에 이 옷을 입고 어전에 왔기 때문이라네.
宮衣新尙高麗樣 方領過腰半臂裁

連夜內家爭借看 爲曾著過禦前來

장욱, 「궁중사」

지정(至正) 이래 궁중의 급사와 사령은 태반이 고려의 여인이었다. 이에 **사방의 의복과 신발, 모자와 기물이 모두 고려의 것을 따랐다.**

自至正以來 宮中給事使令 大半爲高麗女 以故 四方衣服 鞋帽器物 皆依高麗樣子

권형(權衡), 『경신외사(庚申外史)』

위의 두 기록은 원 궁정에서 고려양이 유행했음을 언급한 대표적인 사례로, 모두 원 말기 문인들의 작품에 포함된 내용이다. 먼저 「궁중사」를 지은 장욱은 원 말기 강절 지방의 군부에서 참모로 지내다가 관직을 버리고 은거했는데, 이후 명 태조가 그를 불렀으나 이미 나이가 들어 고향으로 돌아갔다고 한다. 호를 가한노인(可閒老人)이라 했으니, 뒤에 나오는 『가한노인집』은 그의 문집이다. 권형 역시 원대 말 명대 초의 인물인데, 그가 지은 『경신외사』는 원의 마지막 황제인 혜종(惠宗) 토곤테무르[Toyon Temür, 妥懽帖睦爾] 재위기(1333~1370)의 일을 기록한 것이다. 책의 제목은 토곤테무르가 태어난 해가 경신년이기에 그가 경신제(庚申帝)라 불리었던 것과 연관된다고 한다.

장욱과 권형이 위의 글에서 이야기하는 '고려양'은 주로 궁중의 의복, 특히 궁녀들의 의복에 보이는 고려 스타일이다. 그 유행이 대단했음은 당시 많은 이들이 단지 고려 스타일의 복식을 취할 뿐 아니라 고려 여성들의 행동 양식을 따라하는 모습을 묘사한 장욱의 또 다른 글을 통해서 다시 한번 확인할 수 있다.

> 붉은 비단 나라 궁녀들 직공에 능하여
> 궐문 안에서 이불을 수레에 실어서 간다네.
> 당번이 된 여자 짝이 보자기를 잘 만드니,
> 고려 여인을 흉내 내어 머리로 (보자기를) 받쳐 입궁한다네.
> 緋國宮人直女工 衾裯載得內門中
> 當番女伴能包袱 要學高麗頂入宮
>
> 장욱, 『가한노인집』 권2

보자기를 머리로 받치고 다니는 것이 유독 고려 여인들만의 행동이었는지는 알 수 없다. 그러나 설령 그것이 누구나 다 했던 일반적인 행동이었다고 하더라도, 어찌 되었든 장욱은 궁녀들의 이러한 모습을 고려 여인의 행동을 따라한 것이라고 기록했고, 보자기를 머리로 받치고 입궁했던 당시의 궁인들도 어쩌면 이를 '고려 여인들이 주로 하는 행동'으로 인식하고 있었을 수도 있겠다. 당시 원 궁정에는 그런 분위기가 있었던 것이다.

　　한편, 권형은 고려양이 유행하게 된 배경으로, 지정 연간 이래 궁중의 심부름을 주로 맡았던 급사와 사령의 태반을 고려 여성들이 차지하게 된 상황을 언급하고 있다. 이러한 권형의 인식은 후대인 청대에 쓰인 『속자치통감』에서도 동일하게 보인다. 다만 『속자치통감』에서는 당시 고려양이 유행했던 양상에 '온 세상이 미친 것 같았다(擧世若狂)'라는 총평을 덧붙였다.

　　『속자치통감』과 권형의 『경신외사』에서는 "경사(京師)의 현달한 관원이나 귀인들은 반드시 고려 여성을 얻은 연후에야 명가(名家), 즉 이름난 가문이 되었다"라고 하여, 원 궁정에 고려 여성들이 많아졌을 뿐 아니라 당시 몽골 지배층 사이에서도 고려 여성을 취하는 것이 일종의 유행처럼 번졌던 양상을 기록했다. 당시 원 궁정 안팎에 고려 여성들이 상당한 비중을 차지하며 인기를 얻고 있었음은, 혹은 많은 이들이 그렇게 인식하고 있었던 것은 사실인 것으로 보인다. 원대 말의 학자인 엽자기(葉子奇) 역시 유사한 내용의 글을 남기고 있으니 말이다.

북인들은 여사(女使: 여성 급사)는 반드시 고려 여자아이를, 가동(家童: 집안의 노복)은 반드시 피부가 검은 하인[黑廝]을 얻으니, 이와 같지 않으면 그를 일러 벼슬길에 오르지 못하였다고 했다.

北人女使 必得高麗女孩 家童 必得黑廝 不如此 謂之不成仕宦

엽자기, 『초목자(草木子)』

원대에 유행했던 고려양은 주로 궁 안팎의 여성들을 매개로 해서 유행하게 된 여성 복식과 관련된다. 그러나 유생, 처사와 관련된 아래 도종의(陶宗儀, 1316~?)의 글이나 '공을 찰 때 신는 신발'에 대해 언급한 양유정(楊維禎, 1296~1370)의 글을 보건대, 물론 신발에 한정되어 있기는 하지만, 당시 고려양의 유행은 일반 남성의 복식까지 포함했던 것으로 보인다. 도종의와 양유정은 모두 원 말의 문인들이다.

두청벽 선생은 소집에 응하여 전당(錢唐)에 갔다. 여러 유생들이 앞다투어 그의 문 앞으로 달려가니, 연맹초(燕孟初)는 시를 지어 이를 비웃었다. 시에는 '**자색의 종려나무와 등나무로 엮은 모자와 장화는 고려에서 만들었**

고, 처사들은 문 앞에서 겁설(怯薛: 케식)을 담당하네'라는 구절이 있다. 듣는 자가 모두 이를 전하여 웃었다. **자색의 종려나무와 등나무로 모자를 묶고, 고려의 모양으로 신발을 만든 것은 모두 당시 유행하던 것**이며, 겁설은 내부(內府: 궁중)에서 역을 담당하는 자의 번역어이다.

도종의,『남촌철경록(南村輟耕錄)』권28,

「처사문전겁설(處士門前怯薛)」

공 찰 때 신은 수놓은 신은 고려 것을 닮았고,

비단 손수건은 구부렸다 폈다 하면서 여인들이 치장하네.

<u>繡靴蹴踘句驪樣</u>, 羅帕垂彎女直妝.

양유정, 「무제효상은체(無題效商隱體)」

유난스러운 고려양의 유행이, 또 그 유행을 만들고 흐름을 타 더욱 기세를 올리는 고려 여인들의 모습이 불러온 시기와 질투였을까? 고려양의 유행을 전하는 위 기록들의 시선은 마냥 우호적이지만은 않아 보인다. 뒤에서 다시 언급하겠지만, 권형의『경신외사』에서는 원 말 궁정 안팎에서 고려 여성의 비중이 커지고 고려양이 유행하게 된 배경을 기황후의 정치적 공작으로 보고 있으며, 그와 거의 동일한 내용을 담고 있는『속자치통감』역시, 굳이 '온 세상이 미친 것 같다'라는 표현을 덧붙여 고려양이 유행했던 당시의 세태를 비판적으로 평가했다. 도종의는 처사들이 고려 양식의 신발을 신는 모습을 묘사한 연맹초의 시가 그를 '비웃기' 위함이며, 다른 이들도 그 시를 서로 전하며 비웃었음을 직접적으로 언급하고 있다.

2) 고려양과 몽골 복식

_____원에서 유행했던 고려양은 어떤 흔적을 남겼을까? 당시 유행의 중심에 있었던 고려양은 주로 여성의 복식과 관련되어 있었으니, 그 흔적 역시 우선은 여성 복식 면에서 살펴볼 수 있을 것이다.

이 문제를 이야기하기 위해서는 고려양의 여성 복식이 구체적으로 어떤 형태의 것이며, 그것이 기존 몽골의 여성 복식과 어떤 차이가 있었는지를 알아야 한다. 그런데 고려양이 유행한 양상에 대한 기록은 많지만, 고려양의 형태를 묘사한 기록은 장욱의 「궁중사」에 보이는 "방령과요반비(方領過腰半臂)"라는 구절이 거의 유일하다. '방령'은 모난 깃, '과요'는 허리를 지나는, 다시 말해 허리를 덮는 길이, '반비'는 짧은 옷소매를 의미하니, 당시 고려양의 여성 복식은 모난 깃에 허리를 덮는 정도 길이에 옷소매가 짧은 형태였음을 알 수 있다.

그렇다면 고려양이 등장하기 전 몽골의 여성 복식은 어떤 것이었을까? 몽골 복식 변천의 역사에서, 칭기즈칸 이후 그 후손들이 유라시아의 다양한 문화권을 아울렀던 예케 몽골 울루스 시기의 복식과 그 이전 몽골고원에서 주로 유목생활을 하던 시기의 복식은 구분된다. 세조(世祖) 쿠빌라이[Qubilai, 忽必烈, 재위 1260~1294] 시기부터 중심지가 막북의 카라코룸에서 한지의 대도로 이동해 기후를 비롯한 생활환경에 변화가 생기기도 했고, 다양한 문화권의 복식과 상호작용하는 가운데 여러 새로운 요소들이 몽골 복식에 유입되었기 때문이다.

예케 몽골 울루스 등장 이전의 복식, 즉 몽골 유목풍 복식에서 여성의 의복은 기본적으로 길이가 긴 겉옷인 델과 머리에 쓰는 복타그로 구성된다. 델은 혹한의 자연환경과 일상적으로 말을 타는 생활방식에 적합한 기능과 형태를 갖춘 겉옷이다. 다리를 덮을 정도의 길이로 방한 기능에 신경을 쓰는 한편으로, 말을 타는 데에 방해가 되지 않도록 옆트임을 주었다. 여밈은 직선 형태의 깃이 왼쪽 어깨로부터 오른쪽 허리 부분까지 사선 방향으로 내려와 여며지는 형태로 구성되었는데, 이를 복식 용어로는 우임직령(右衽直領)이라고 한다. 한편, 오른쪽 허리

부분에서 여며지는 바깥 여밈 외에 다른 한쪽의 깃, 즉 오른쪽
어깨에서 왼쪽 허리까지 내려오는 깃은 안쪽에서 여며진다. 먼
저 왼쪽 허리 안쪽 부분에서 옷을 여민 다음, 오른쪽 허리 바깥
부분에서 옷깃을 여미게 되는데, 미용실에서 입는 미용 가운
가운데 이와 유사한 형태의 것이 있다.

　　복타그는 흔히 '고고'라고도 알려져 있는 여성용 모자
로 그 길이가 매우 긴데, 이는 상징적 의미를 가진 것이라고 한
다. 옆쪽 그림에서 순종(順宗)의 황후와 세조의 황후가 쓰고 있
는 관이 복타그이다. 순종은 세조 쿠빌라이의 아들 친킴[眞金,
1243~1286]의 둘째 아들이자 성종(成宗) 테무르[Temür, 鐵木耳, 재위
1294~1307]의 형인 다르마발라[答剌麻八剌]로, 사후에 아들 무종(武
宗) 카이샨[Qayšan, 海山, 재위 1307~1311]이 카안위에 오르면서 순종
으로 추존되었다. 순종 황후는 다기[答己, ?~1322] 황후로, 아들들
인 무종과 인종(仁宗) 아유르바르와다[Ayurbarwada, 愛育黎拔力八達,
재위 1311~1320]가 카안위에 있을 때 영향력을 행사했다. 세조 황
후는 차부이[察必, 1227?~1281] 황후로, 위에 나온 황태자 친킴의
모후이다. 누가 누구인지 잘 모르겠다면, 앞의 〈몽골제국 카안
위 계승도〉를 잠시 보고 오자.

　　옆의 그림에서는 상체만 그려져 있어 확인되지는 않으
나, 황후들이 입고 있는 델은 그 길이가 바닥까지 이른다. 바닥

대만 고궁박물원(古宮博物院) 소장 원대후반신상(元代后半身像)
대만 고궁박물원 웹사이트(www.NPM.gov.tw)에서 전재. 순종 황후(좌), 세조 황후(우)

에 끌릴 정도 길이의 델과 복타그는 몽골 복식의 핵심적인 요소로, 이는 옷감이나 장식 면에서의 소소한 변화들을 수반하면서도 예케 몽골 울루스 시기 황후들의 복식에서 지속적으로 확인된다. 그런데 이러한 유목풍 복식 요소가 유지된 한편으로, 예케 몽골 울루스 시기 여성 복식에는 온난한 기후환경의 영향 및 그 범주에 속했던 다양한 문화권의 다양한 복식 요소들로부터의 영향으로 인한 변화도 나타났다.

예컨대, 이 시기 회화 및 벽화 등에서는 허리를 덮는 정도 길이에 소매가 짧은 상의를 입고 있는 여성의 모습을 그린

그림이 다수 발견된다. 물론 이 시기에도 황후들은 여전히 바닥에 끌리는 길이의 델을 입었지만 말이다. 반소매 상의, 즉 반비는 몽골 유목풍 시기에도 있었다. 다만, 그 길이는 최소 무릎 아래까지 이를 정도로 길다는 특징을 가진다. 이에 비해 예케 몽골 울루스 시기에 오면 여성들은 품이 넉넉하고 길이는 짧은 반비를 즐겨 입게 되었는데, 이것은 장욱의 「궁중사」에 묘사된 고려양의 모습과 유사하다.

　'방령(方領)', 즉 '모난 깃'이라고 하는 깃의 모양도 유의되는데, 몽골 유목풍 복식에서 깃 부분은 직선으로 내려오는 두 방향의 깃이 서로 겹쳐지면서 왼편의 깃이 오른편 바깥쪽 허리 부분에서 여며지는 형태였다. 이에 비해 예케 몽골 울루스 시기에 이르면, 사각형 혹은 원형의 깃이 서로 겹쳐지지 않고 앞에서 만나 여며지는 방령 혹은 단령(團領)의 깃 형태가 나타난다. 이는 온난한 기후의 영향으로 이해할 수 있다. 혹은 서역풍의 영향으로 앞의 한쪽 깃을 바깥으로 접는 형태의 깃도 등장한다.

　이렇게 보면, 고려양에서 중요한 요소는 '방령'이라는 부분일 수도 있겠다. 다만, 베제클릭 석굴의 벽화 「몽골소녀장」에서 보이듯, 그 길이를 볼 때 몽골 유목형 반비임이 분명해 보이는 반비에서도 '방령'이 나타나고 있어, '방령'이 곧 원 말의 고려양에 특수한 요소인지는 분명하지 않다.

　　결과적으로, 장욱의 시에서 묘사된 "방령과요반비", 즉 '방령에 허리를 덮는 길이의 반비'라는 상의 형태에서 기존 몽골 유목풍에는 없던 새로운 요소는 '허리를 덮는 정도의 길이'였던 것으로 보인다. 원대 후반의 작품으로 보이는 몽골 석인상 가운데에는 길이가 허리에 이르는 상의를 입은 여성 형상이 확인된다. 이처럼, 예케 몽골 울루스 시기 여성들이 즐겨 입었던 '짧은' 반비는 고려의 여성 복식이 몽골에 영향을 준 것이라 볼 수 있을 것이다.

　　다만, 이러한 짧은 반비는 몽골제국 이전, 거란이 세운 요와 여진이 세운 금에서도 보인다. 즉, 요 대의 벽화에서는 생활환경이 변화함에 따라 긴 포를 대신해 길이가 짧은 상의와 치마를 입은 여성의 모습을 확인할 수 있으며(뒤쪽 〈장세경 묘 벽화〉의 여성이 입은 옷을 보자), 금 대의 벽화에서도 길이가 짧은 반비를 입은 여성이 등장한다.

　　요컨대, 고려 스타일 여성 복식으로 기록상 확인할 수 있는 '네모난 깃에 허리까지 오는 반비'는 분명 온난한 기후환경과 관련되는, 전통적인 몽골 유목풍 복식과는 차이를 보이는 요소들을 담고 있지만, 그것이 그야말로 오롯이 고려의 영향만을 받은 것이었는지 불분명한 부분도 있다. 애초에 복식문화가

하북성 〈장세경 묘 벽화〉

상호 간의 교류를 통해 형성되는 것이라고 할 때, 각각의 요소에 특정 국가나 풍속의 배타적인 영향을 설정할 수 있는지, 그러한 것이 필요한 것인지 생각해 볼 필요도 있을 것이다. 다만, '고려양'을 언급한 「궁중사」를 지은 장욱은 한인이었는데, 그가 이러한 양식의 여성 의복을 굳이 '고려양'이라고 기록했다는 점은 유의된다. 여기에서는 당시에 허리 정도에 이르는 길이의 방령 반비를 '고려양'으로 보는 인식이 있었다는 점을 중요하게 기록해 둔다.

3) '고려 스타일'은 다양하니

      원나라 말기에 유행했던 '고려양'과 관련한 기록들은 주로 복식과 관련한 내용이 주를 이루지만, 복식이 아닌 다른 부분에서도 '고려 스타일'의 유행을 짐작해 볼 수 있는 기록들이 다수 있다.

> **고려 여성들이** 구슬을 팔뚝에 꿰어 차고
> 귀를 뚫어 옥귀걸이 하고 배의 채붕 위에 앉아 있네.
> 돛에 명주로 동아줄을 매어 아침마다 달리고
> **구리로 비파를 만들어 아름답게 울리네.**
> <u>高麗女兒珠腕繩</u>, 玉環穿耳坐船棚.
> 絲爲帆縴朝朝颺, <u>銅作琵琶嘖嘖鳴</u>.
>
> 곽익(郭翼),「제상행(堤上行)」

> 근 100년 간 태평성대가 이어져 오는 동안
> **가희(歌姬)와 무희(舞姬)들은 조선에서 왔으니,**
> 연산(燕山)에서 두 차례나 대보름을 맞이했지만
> 대도 사람 중 관현악기를 연주하는 이 찾아볼 수 없네.
> 天下承平近百年, <u>歌姬舞女出朝鮮</u>.

燕山兩度逢元夕, 不見都人試管弦.

정옥(鄭玉), 「원소시(元宵詩)」

이내 몸은 삼한의 여인이 될 수 없음이 한스럽구나!

그들은 금은보화를 수레에 싣고 다투어 가져가니,

은술동이의 소주를 옥으로 만든 술잔에 마시고,

높은 집에서 악기를 연주하며 밤새 가무를 즐기네.

恨身不作三韓女, 車載金珠爭奪取.

銀鐺燒酒玉杯飲, 絲竹高堂夜歌舞.

내현(迺賢, Nasen), 「신향온(新鄉媼)」

역시 원대 말의 문인들이 쓴 위의 시들에는 고려의 여인들이 음악을 연주하는 모습에 대한 묘사가 두드러진다. 여기에 등장하는 고려 여인들은 대보름을 맞아서, 혹은 제방가에 있는 배 위에 앉아서, 혹은 아마도 역시 대도에 있는 고위 귀족의 집에서 화려한 모습으로 악기를 연주하고 있다. 마지막 시는 화려하고 사치스러운 생활을 하는 삼한의 여인, 즉 고려 여인들을 비꼬는 듯한 느낌을 주기도 한다.

한편, 악기를 연주하는 것은 고려의 여인들이지만, 그들이 연주하는 음악이 곧 '고려 스타일'의 음악이라고 단정하기는 어렵다. 그런데 역시 원 말의 문인들이 쓴 또 다른 시들은 그들이 연주한 음악이 '고려 스타일' 음악이었을 가능성을 보여준다.

> 아직 바느질도 익히지 못한 여자아이들이
> **장차 말을 배우러 고려로 가겠지.**
> **새로운 노래인 자고곡을 배운다면,**
> 소리 한 자락에 천금의 가치가 있으리라.
>
> 女兒未始會穿針, <u>將去高麗學語音</u>.
> <u>敎得新番鷓鴣曲</u>, 一聲准擬直千金.
>
> 유백온(劉伯溫), 「산자고(山鷓鴣)」

> 옥덕전은 맑은 호수 서쪽에 있는데,
> 웅크린 용을 새긴 푸른 기와가 서까래 끝에 접해 있네.
> **위병들이 고려 말을 배워서**
> 어깨를 나란히 하고 **낮은 소리로 jingjili(井卽梨)를 부르네.**
>
> 玉德殿當淸灝西, 蹲龍碧瓦接檁題.
> <u>衛兵學得高麗語</u>, 連臂低歌井卽梨.
>
> 장욱, 『가한노인집』 권2, 「연하곡(輦下曲)」

위의 두 시는 역시 음악과 관련되지만, 앞의 시들에서와 달리 고려인들에 의한 악기 연주가 아닌 고려의 노래와 관련된 내용을 담고 있다. 유백온(1311~1375)의 「산자고」에서는 어린 여자아이들이, 장욱의 「연하곡」에서는 위병들이 노래를 부르는데, 그들이 노래를 부르기 위해서는 '고려 말'을 배워야 함을 언급하고 있음이 눈에 띈다. 군이 고려에까지 가서(「산자고」) 고려 말을 배워야 한다는 것은 그들이 부르는 노래가 곧 고려 말로 된, 고려의 노래였음을 의미한다고 하겠다.

또 어린 여자아이들이 그렇게까지 고려의 말을 익혀 노래를 배우려 하는 이유는 그것이 "천금의 가치"가 있기 때문이라고 했다. 이는 앞의 시들에서와 같이 당시 음악을 연주하고 아마도 노래까지 하는 고려의 여인들이 대도에서 화려한 삶을 누리고 있었던 상황과 관련될 것이다. 그렇다면 앞서 본 시들에 등장했던 고려 여인들이 연주한 음악 역시 고려 노래와 짝을 이루는 고려의 음악이었을 수 있다. 혹은 적어도 그들이 연주한 음악들 가운데 고려의 음악도 포함되어 있지 않았을까?

유백온과 장욱이 관찰한 '여자아이들'과 '위병'들의 국적은 불분명하다. 몽골에 있던 한인이나 몽골인 등이었을 수도 있고, 혹은 고려인으로서 몽골에 정착한 이들의 자손이었을 수도 있다. 후자의 경우 고려인이라 하더라도 몽골에 정착한 지가 오래되었다면 고려의 말을 새로 배워야 했을 것이다. 그들의 국적이 무엇이었든, 위의 시들을 통해 분명히 드러나는 것은 많은 이들이 고려의 노래를 부르기 위해 고려 말을 배우고자 했고, 경우에 따라서는 고려에 가기도 했다는 것이다. 이는 다시 당시 원에서는 고려 말로 부르는 고려의 노래와 아마도 그와 짝을 이루는 고려 음악이 유행했고, 또 그러한 재주가 재물을 불러오기도 했음을 보여 준다.

여성이나 남성의 복식 등에서 보이는 '고려양'의 유행이 먼저였는지, 고려 노래와 음악의 유행이 먼저였는지는 알 수 없다. 같은 시기의 시들에 나타나는 고려 스타일 복식과 고려 스타일 노래와 음악의 유행은 아마도 상호작용을 하며 서로의 인기에 장작이 되었을 것이다.

사람의 이동을 따라 전파되는 문화 가운데 빼놓을 수 없는 부분이 식문화이다. 몽골과의 관계 속에서 육류를 이용한 조리법과 요리가 고려에 들어온 것처럼, 고려와의 관계 속에서 몽골에는 생채를 먹는 식문화가 들어갔다.

원나라 사람 양윤부(楊允孚)의 시에,

고려 식품 중에 맛 좋은 생채를 다시 이야기하니,

향기로운 새박나물과 줄나물을 모두 수입해 들여온다

更說高麗生菜美, 摠輸山後摩菰香

라고 하고, 스스로 주를 달아 말하기를, '고려 사람은 생
나물로 밥을 쌈 싸 먹는다'라고 했다. 우리나라 풍속은
지금까지도 오히려 그러해서 소채 중에 잎이 큰 것은 모
두 쌈을 싸서 먹는데, 상추쌈을 제일로 여기고 집마다
심으니, 이는 쌈을 싸 먹기 위한 까닭이다.

이익,『성호사설』제5권,

「만물문(萬物門)」, '생채·괘배(生菜掛背)'

　　위의 글은 조선 후기에 이익이 쓴 글로, 여기에 인용된
양윤부의 시는 「난경잡영(灤京雜詠)」의 일부이다. 양윤부의 시를
통해 당시 원에서는 생채를 고려의 식품이라 칭했고, 나아가
여러 나물류를 고려에서 수입했음을 알 수 있다. 또한 양윤부
는 고려 나물과 관련한 자신의 시구절에 스스로 주석을 달아,
생나물에 밥을 쌈 싸 먹는 방식을 고려 사람들의 음식 섭취 방
식으로 기록하고 있다. 고려의 생채를 맛있다고 한 것은 양윤
부 개인의 취향일 수 있지만, 생채를 고려로부터 수입해 가기
도 했다는 것을 보면, 당시 원에서 고려의 나물 요리, 생채 쌈

등을 즐기는 사람들이 적지는 않았을 듯하다.

> 세자가 황제에게 흰 말을 폐백으로 들이고 진왕(晉王)의
> 딸에게 장가들었다. **이날 잔치에서는 모두 고려의 유밀
> 과(油蜜果)를 사용했다**. 제왕(諸王)과 공주 및 여러 대신들
> 이 모두 잔치에 참석했다. 날이 저물어 술에 취하자 고
> 려의 악관(樂官)들에게 황제의 은혜에 감사하는 감황은
> (感皇恩) 곡조를 연주하게 했다.
>
> 『고려사』 권31, 충렬왕 22년 11월 임진

고려 충렬왕이 원 세조 쿠빌라이의 딸인 제국대장공주
쿠틀룩케르미쉬[忽都魯揭里迷失]와 혼인한 후, 어린 나이에 사망
한 충목왕과 충정왕을 제외한 고려의 국왕들은 모두 원의 공주
와 혼인했다. 위 사료는 충렬왕과 제국대장공주의 아들인 고
려 세자 왕장(王璋)과 성종 테무르의 형인 진왕 감말라[甘麻剌,
?~1302]의 딸 계국대장공주 부다시리[寶塔實憐]의 혼인을 축하하
는 연회의 한 장면이다. 당시 충렬왕과 제국대장공주 등이 모
두 원 조정으로 가서 연일 연회에 참석했는데, 이 잔치에서 사
용된 과자류로는 모두 고려의 유밀과를 사용했다는 것이나, 뒤
이어 고려의 악관들로 하여금 음악을 연주하게 했다는 것을 보

면, 이 잔치는 고려 측에서 준비한 잔치였던 것으로 보인다.

유밀과는 밀가루에 기름과 꿀을 섞어 반죽한 것을 기름에 지져 꿀에 담가 두었다가 먹는 과자인데, 요즘도 흔히 볼 수 있는 약과가 대표적인 유밀과이다. 주로 과일 모양으로 만들어 과일 대신 제사상에 쓰기도 했으므로, 기름과 꿀로 만든 과일이라는 의미에서 유밀과라고 했다고 한다.

위의 잔치는 세조 쿠빌라이의 외손 왕장과 증손녀 부다시리의 통혼을 기념해 고려 측에서 주최한 잔치이기도 했던 만큼, 이 자리에는 원의 제왕, 공주 및 여러 대신들이 모두 참석했다고 한다. 원의 최고 지배층이라 할 수 있는 자들이 모두 모인 자리에서 신랑 측의 음식들이 상에 올랐던 것이다. 이후 고려의 떡과 함께 유밀과 등이 '고려병(高麗餠)'이라 하여 유행했다는 것을 보면, 어쩌면 저 잔치에 참석했던 몽골의 제왕이나 공주 혹은 대신들 가운데 그 유밀과가 입에 맞았던 자들이 이후 여러 통로를 통해 유밀과 혹은 그와 유사한 다른 고려의 음식들을 계속해서 찾게 되었던 것일지도 모르겠다. 혹은 황실 부마의 나라에서 즐겨 먹는 대표적인 간식거리로 유명세를 탔을 수도 있겠다.

2. 원 말기의 궁정, '고려 스타일' 유행의 기폭제

1) 고려양과 기황후

지정 이래 궁중의 급사와 사령은 태반이 고려의 여인이
었다. 이에 **사방의 의복과 신발, 모자와 기물이 모두 고
려의 것을 따랐다.**

⎯⎯⎯⎯앞서 본 권형의 『경신외사』에 실린 구절이다. 권형은 고
려양이 유행하게 된 배경으로 궁중의 급사와 사령 태반을 고려
여성들이 담당하게 된 상황을 언급했는데, 그러한 양상이 나타
나게 된 시점을 '지정 이래'라고 구체적으로 지적하고 있다.

'지정'은 혜종 토곤테무르 때의 연호로, 1341년부터 1370년까지 30년 동안 사용되었다. 기황후의 남편으로도 유명한 혜종 토곤테무르는 1333년에 즉위한 후 초반에 원통(元統), 지원(至元, 세조 쿠빌라이의 연호와 동일) 등의 연호를 사용하다가 1341년부터 지정 연호를 사용했다. 그런데 권형이 몽골 궁정에서 고려양이 유행하게 된 배경을 이야기하면서 혜종 재위기 중에서도 콕 찝어 '지정 이래'라고 한 것이다. 혜종이 재위 9년 차가 되던 해(1341) 정월에 연호를 '지정'으로 개원한 것은 그 전년에 있었던 정국 변동과 관련된다.

제14대 카안인 혜종 토곤테무르는 제11대 카안 명종(明宗) 코실라[Qošila, 和世瓎, 재위 1329]의 아들로, 삼촌인 제12대 카안 문종(文宗) 톡테무르[Tuy Temür, 圖帖睦爾, 재위 1329~1332]와 동생인 제13대 영종(寧宗) 이린지발[Rinčinbal, 懿璘質班, 재위 1332]을 이어 카안위에 올랐다. 이 시기 원의 정국은 권신들이 정치를 주도하는 가운데, 카안위를 둘러싼 정쟁이 수차례 이어지며 카안위가 교체되고 있었고, 토곤테무르의 즉위 역시 문종 대 이래의 권신인 엘 테무르[燕帖木兒, 1285~1333]의 영향력 아래에서 이루어졌다. 토곤테무르는 즉위와 함께 엘 테무르의 딸인 타나시리[答納失里, 1321~1335]를 황후로 맞이했고, 문종 톡테무르의 아들 엘 투쿠스[燕帖古思, ?~1340]가 그의 후계로 결정되었다. 토곤테무르는 사실상 실권이 없는 상태에서 카안위에 올랐던 것이다. 그가 즉위한 해에 엘 테무르는 사망했지만, 그의 아들들을 비롯한 잔여 세력, 그리고 새로운 권신인 바얀(伯顏, ?~1340)이 정치를 장악하고 있었다.

이러한 가운데, 1340년에는 권신 바얀의 조카 톡토(脫脫, 1314~1355)가 혜종 토곤테무르 측에 협력하면서 바얀을 축출했고, 토곤테무르는 그와 연계되어 있던 문종 황후, 즉 태황태후 부다시리(卜答失里, 1305~1340)를 폐위시키고 그 아들이자 토곤테무르 자신의 후계자로 지명되었던 엘 투쿠스를 고려로 유배 보냈다. 이로써 즉위 이후 토곤테무르의 황제권을 제약하던 불안 요소들이 일단 정리되었고, 이듬해 토곤테무르는 연호를 지정으로 변경하며 정치를 일신하고자 했다.

1340년에 발생한 일련의 정국 변동은 원 말 권신 정치의 결과로서 발생한 것이지만, 동시에 바로 전년에 토곤테무르의 아들이 태어난 사실에 의해 촉발된 측면이 있었다. 현 황제의 아들이 태어나면서 바얀과 태황태후 부다시리의 견제가 강화되었고, 토곤테무르가 그에 대응할 수밖에 없는 상황이 만들어졌기 때문이다. 그 아들은 바로 고려 여인 기씨가 출산한 태자 아유르시리다라(Ayushiridara, 愛猷識理達臘, 1339?~1378)이다. 권신 바얀을 축출한 후 토곤테무르는 기씨를 제2황후로 책봉했다. 요컨대, '지정 연간'은 고려 출신 기황후가 아들을 낳은 후 제2황후가 되어 권력을 장악해 나가기 시작하던 시기와 맞물린다.

권형이 고려양 유행의 배경으로 궁내 사령과 급사의 태반을 고려 여인이 담당하게 된 상황을 들면서 그 시점을 '지정 이래'라 한 것은, 그가 이러한 양상이 기황후의 득세와 무관하지 않다고 인식하고 있었음을 보여 준다. 이러한 권형의 인식은 위 인용문 바로 앞에 실린 다음의 글을 통해서도 드러난다.

> (지정 18년) 2황후(기황후)가 황제가 〈화려한〉 건축물 짓기를 그치지 않는 것을 보고 황제의 옷소매를 끌어 지극히 간언하여 말했다. … 황제가 화를 내며 '예나 지금이나 오직 내가 있을 뿐이다'라 하고 이로 인하여 2개월 동안 후궁에 이르지 않으니, 기후(奇后: 기황후)가 어찌할 수가 없었다. 이에 고려 미인을 축적하여 대신으로 권세를 가진 자들에게 때마다 이 여성들을 보내니, 경사의 현달한 관원이나 귀인들은 반드시 고려 여성을 얻어야 명가가 되었다. 고려 여성들은 부드럽고 아름다우며 섬기기를 잘하니, 이르면 곧 눈에 띄어 총애를 받았다.

> 권형, 『경신외사』

이 기록에 따르면, 기황후는 지정 18년(1358) 이후의 어느 시점에 황제와의 사이에서 갈등이 발생하자, 그 타개책으로 고려 여인들을 권세가에 보냈다고 한다. 기황후와 토곤테무르 사이의 갈등은 토곤테무르가 근신들의 꾐에 빠져 화려한 건축물을 짓는 데에 심취하는 등 정치에 힘을 쏟지 않자 기황후가 이를 바로잡고자 한 데에서 비롯되었다고 하는데, 그에 대한 타개책으로 기황후가 대신들에게 고려 미인을 보냈다는 것은 논리적으로 잘 이해가 되지 않는다.

그런데 이와 같은 시기의 상황에 대해, 『원사』 완자홀도(完者忽都, 울제이쿠투) 황후 열전에는 기황후와 혜종 토곤테무르 사이의 갈등은 기황후가 남편인 혜종이 건재한 상황에서 그 아들 아유르시리다라에게 카안위를 계승하게 하려는 시도, 즉 선위(禪位)를 시도한 것과 관련된다고 기록하고 있다. 이렇게 본다면, 기황후가 토곤테무르와의 갈등 이후 그 타개책으로 대신들에게 고려 미인을 보냈던 것은 아들에 대한 선위를 도모하는 과정에서 지지 세력을 확보하기 위한 정치적 로비의 성격을 갖는 것이었다고 이해할 수 있다. 완자홀도, 즉 울제이쿠투는 기황후의 몽골 이름이다.

이 선위 시도를 전후한 기황후의 '고려 미인' 공세는 권형의 지적처럼 당시 원 궁정 안팎에서 고려 여성의 수가 늘어나고 고려양이 유행하게 되는 배경으로 이해할 수도 있지만, 고려 공녀 출신의 기황후가 원 궁정에서 자리를 잡아 나가는 과정과도 관련이 되며, 또 고려 공민왕 대의 정국과도 연관이 된다. 이에 잠시 지면을 할애해 기황후가 이러한 시도를 도모하게 된 배경에 대해 살펴보도록 하자.

2) 기황후, 권력의 정점에 서기까지

　　　　지정 18년 이후, 아마도 지정 19년(1359)을 전후한 시점에 추진된 기황후 세력의 선위 시도는 결과적으로 실패로 돌아갔다. 그런데 이 외에도 기황후는 지정 16년(1356)과 25년(1365)에도 각기 한 차례씩 아들인 황태자 아유르시리다라를 위한 선위를 시도했다. 그 아들이 황태자가 된 후 10년 동안 총 세 번에 걸쳐 선위를 도모한 셈이다. 이 세 차례의 선위 시도는 모두 성공하지 못하고, 결국 아유르시리다라는 1370년 혜종이 사망한 후 카안위를 계승하게 된다. 그런데, 혜종이 사망하면 그 아들 황태자 아유르시리다라가 자연스럽게 카안위를 계승할 것인데, 기황후는 왜 굳이 세 번에 걸쳐 선위를 시도한 것일까?

　　　　토곤테무르와 기황후의 아들인 아유르시리다라는 1339년경에 태어났고, 이는 궁녀 기씨가 기황후가 되는 데에 중요한 역할을 했다. 아유르시리다라에 대해서는 1343년경부터 황태자라는 칭호가 보이지만, 그가 황태자에 책봉되어 정식으로 황태자의 지위를 획득하게 된 것은 지정 15년(1355)에 이르러서였다.

그 이전에도 기황후 측에서는 아유르시리다라의 황태자 책봉을 추진했는데, 이러한 논의가 이루어질 때마다 당시 승상이었던 톡토는 "중궁(中宮)에 아들이 있다"라는 이유로 이를 미루었다고 한다. 이때의 중궁은 몽골 황실과 대대로 통혼해 황후를 배출해 온 쿵크라트 출신 바얀쿠투[伯顏忽都, 1324~1365] 황후를 가리킨다. 당시 그에게는 두 살에 요절한 황자 친킴[眞金]이 있었다.

이러한 가운데, 톡토와 사이가 좋지 않았던 카마르[哈麻]가 이를 기황후에게 전하며 톡토를 참소했고, 이로 인해 당시 고우성의 장사성(張士誠)을 토벌하기 위해 대군을 이끌고 출정 중이던 톡토는 실각하게 된다. 이후 아유르시리다라는 황태자에 책봉되었으며, 곧이어 기황후는 아들에 대한 선위를 추진했으나 성사되지 못했다. 첫 번째 선위 시도(1356)의 경과이다.

다음으로 마지막 선위 시도(1365)를 살펴보자. 엽자기의 『초목자』에는 지정 24년(1364) 즈음에 당시 원의 정권을 장악하고 있던 권신 볼라드테무르[孛羅帖木兒]가 황태자 아유르시리다라를 폐위시키고 쿵크라트 출신 황후 소생의 어린 아들 설산(雪山)을 황태자로 세우려 했다는 기록이 있다. 볼라드테무르가 실각하면서 이 시도는 무위로 돌아갔는데, 그 직후에 기황후 세력은 다시 한번 선위를 시도했다.

요컨대, 기황후가 아들에게 선위할 것을 서두른 것은 그의 황태자 지위가 유보적인 것이었다는 현실과 관련된다. 아유르시리다라의 황태자로서의 지위가 유보적이었던 데에는 아직 어린아이라 하더라도 쿵크라트 출신 황후의 아들이 존재한다는 사실이 중요하게 작용했다. 위 두 사례에서는 친킴과 설산이라는, 어린 나이에도 불구하고 아유르시리다라의 황태자위에 위협이 되는 강력한 실체가 있었다. 그러나 그렇지 않다 하더라도, 쿵크라트 출신의 바얀쿠투 황후가 제1황후로 존재하는 이상, 언제라도 그의 아들이 태어날 가능성은 있었다. 다시 말해, 아유르시리다라의 황태자 지위가 불안정했던 데에는 그 어머니 기황후의 출신 문제가 있었다.

기황후는 황후에 책봉되는 과정에서, 그리고 그 이후에도 황후 지위에 대해 강력한 반대를 받았다. 이때 원의 신료들이 '세조가법(世祖家法)'이나 '고려와 함께 일을 도모하지 말라'라는 의미의 '불여고려공사(不與高麗共事)' 등을 근거로 기황후에 대해 부정적 의사를 표출했다는 점이 참고된다. '세조가법'이나 '불여고려공사'의 정확한 의미가 무엇인지 알기는 어려우나, 대략 기황후가 고려인이라는 사실이 그 반대의 주요 근거였던 것으로 보인다.

몽골에서 카안위를 계승하는 데에 모후의 출신이 미치는 영향력은 컸다. 특히 세조 쿠빌라이 이후 몽골의 카안들은 거의 대부분 쿵크라트 출신의 황후를 맞이했고, 그로부터 출생한 아들이 차기 카안위에 올랐다. 명종 코실라와 문종 톡테무르와 같이 권신의 쿠데타 과정에서 카안위에 오른 경우는 예외이기는 하지만 말이다.

애초 몽골에서 카안위를 결정하는 데에는 크게 두 가지 요소가 작용했다. 일차적으로는 전대 카안이 지명한 후계자에게 계승 권한이 있었지만, 지명된 후계자가 카안위를 승계하기 위해서는 황실 구성원들이 모두 모인 쿠릴타이에서 구성원들의 동의를 거쳐야 했다. 여기에서 다른 후보가 제시되는 경우에는 더 많은 지지 세력을 확보하는 측이 카안위를 계승하게 되었고, 이 쿠릴타이는 새로운 카안에 대한 구성원의 동의를 구하는 자리인 동시에 새로운 카안의 즉위식이기도 했다. 이러한 상황에서 유력한 세력을 외가로 두는 것은 카안위 승계에 큰 버팀목이 될 수 있었다. 세조 쿠빌라이 대에 황태자제도를 도입하여 선대 카안의 지명이 갖는 권위에 더 힘을 싣고자 했으나, 실제 황태자가 카안위를 계승한 사례는 많지 않았고 위와 같은 상황은 계속되었다. 이에 황후 혹은 모후가 쿵크라트 출신인지의 여부는 중요할 수밖에 없었고, '고려'라는 기황후의 출신은 약점이 될 수밖에 없었다.

그런데 기황후 이전에도 고려 출신 황후는 있었다. 그렇다고 할 때, 기황후가 직면했던 보다 핵심적인 한계는 그 가문의 한미함이었다고 생각된다. 실제 『원사』 완자홀도 황후 열전에는 기황후를 '한미한' 가문 출신이라고 기록하고 있기도 하다.

잘 알려져 있지는 않지만, 『원사』 표(表)에 인종 아유르바르와다의 황후로 기록된 달마실리[答里麻失里] 황후 역시 고려 여성이었다. 그의 할아버지 김주정(金周鼎, ?~1290)은 충렬왕의 측근 신료로서 몽골로부터 만호(萬戶)직을 제수받았고, 그 아들이자 달마실리 황후의 아버지인 김심(金深, 1262~1338)은 아버지의 만호직을 승계하는 한편으로 충선왕의 측근으로서 세력을 떨친 인물이었다. 원의 만호직은 특별한 상황이 발생하지 않는 한 세습되었다.

기황후의 증조부 기윤숙(奇允肅, ?~1257)이 문하시랑평장사(門下侍郎平章事)를 지냈고, 조부 기관(奇琯)은 대장군까지 올랐으며, 아버지 기자오(奇子敖, 1266~1328)는 총부산랑(摠部散郎)을 지냈고 그 어머니는 보문각직학사(寶文閣直學士)를 지낸 이행검 (李行儉, 1225~1310)의 딸이니, 기황후 역시 그 집안이 '한미'하지는 않다.

그러나 그 집안이 고려 공녀 출신 기씨가 황후의 지위에 오르는 데에 배경이 되어 줄 수 있을 정도의 명성을 가진 권세가는 아니었고, 몽골 황실의 입장에서는 '한미한' 가문일 뿐이었다. 그리고 이러한 기황후의 '한미한' 가문은 그 자신의 황후로서의 지위뿐 아니라 아들의 황태자로서의 지위까지 불안하게 했다. 기황후가 아들의 황태자 책봉을 서두르고, 황태자에 책봉된 후에도 세 차례에 걸쳐 굳이 선위를 시도했던 데에는 자신의 출신에서 비롯된 아들의 불안정한 황태자 지위를 안정시키기 위한 의도가 있었다고 봐야 할 것이다.

다른 한편으로 기황후가 지속적으로 아들의 카안위 계승을 도모했던 것은 단순히 그 지위를 안정시키는 문제를 넘어 생존의 문제이기도 했다. 아유르시리다라의 황태자 책봉 과정이 완료된 것은 지정 15년(1355)으로, 당시 그의 나이가 15세였다. 당시 바얀쿠투 황후의 아들이 젖먹이였고 그조차 곧 사망했으니, 이후 다시 바얀쿠투 황후로부터 황자가 출생하더라도 그 나이나 황태자에 책봉되어 있었던 기간 등을 고려할 때, 아유르시리다라는 카안위에 가장 적합한 인물이었을 것이다. 그 모후가 고려의 '한미한' 가문 출신이라는 사실만 제외한다면 말이다.

따라서 혹 바얀쿠투 황후 소생의 황자가 어느 정도 장성한 후 기황후 및 아유르시리다라 측에서 황태자위, 나아가 카안위를 양보한다고 하더라도, 연소한 나이로 카안위에 오른 바얀쿠투 소생자 및 그 지지자들에게 기황후와 아유르시리다라의 존재는 부담스러울 수밖에 없다. 설령 그 모후의 가문이 한미하다 하더라도, 바얀쿠투 황후 세력에 반대하는 정치 세력들에게 아유르시리다라의 존재는 매우 강력한 구심점이 될 수 있었다. 따라서 당시의 상황에서 아유르시리다라가 카안위를 계승하지 못하게 된다면, 이는 단지 권력을 장악하느냐 마느냐의 문제가 아니라 죽느냐 사느냐의 문제가 될 수밖에 없었다. 더욱이 혜종 토곤테무르가 즉위하기까지 원 말기 궁정에서는 이미 카안위를 둘러싼 피를 보는 정쟁이 여러 차례 발생했던 상황이었다.

고려 공녀에서 시작해서 황자를 출산하고 황후가 되기까지의 과정은 물론 공녀 기씨가 처음부터 적극적으로 계획하여 실현해 낸 것일 수도 있고 아닐 수도 있다. 계획을 한다고 해서 가능한 것인지는 모르겠지만 말이다. 그것이 기씨의 주도면밀한 계획에 의한 것이든 아니든, 일단 원 궁정에 궁인으로 들어간 여성이 황제의 성은을 입어 편안한 생활을 하고자 하는 마음을 갖는 것은 자연스러운 일이었을 것이다. 공녀로 몽골 궁정에 들어가서 궁인이 된 기씨가 황제의 눈에 띄고자 노력했다면, 이는 고려 출신 공녀가 취할 수 있는 최선의 선택지가 아니었을까? 공녀 누구나 다 성공할 수는 없는 선택이었을 뿐, 누구나 희망했던 선택지.

계획에 의한 것이든, 어쩌다 보니 그리된 것이든, 일단 황자를 출산하여 황후가 된 다음에는 어떠했을까? 바로 위에서 이야기했듯이, 그 아들을 황태자로 세우고 나아가 카안이 되게 하는 것은 단순한 권력 장악의 문제를 넘어 생존의 문제이기도 했다. 즉, 이 역시 몽골 카안의 황자를 출산한 황후가 취할 수 있는 나름 최선의 선택지가 아니었을까 싶다.

요컨대, 기황후는 고려의 '한미한' 가문 출신 공녀에서 시작해 무수한 장애물을 극복하고 제국의 황후에까지 올랐으니, 그 과정은 당시의 여성으로서는 입지전적이라고 할 수 있겠다. 그리고 그 과정에서 기황후는 나름 최선의 선택을 했다. 그러나 고려 공녀 출신으로 원 궁정에 들어가 황자를 출산하며 황후의 자리에까지 오른 기황후가 자신의 지위 보전과 생존을 위해 선택한 행보들은 그 의도 여부와 다소 무관하게 고려의 정치에 타격을 주었고, 이러한 타격으로 발생한 사건들은 결과적으로 고려-몽골 관계에 균열을 가져왔다.

3) 다시, 기황후와 고려양. 그리고

_____기황후가 그 자신 및 아들 아유르시리다라의 지위를 안정시키기 위해 행한 일련의 시도들은 고려 정치에 타격을 가하는 한편 고려-몽골 관계 균열에 기폭제가 되었다. 동시에 공녀출신 궁인으로 시작해 황후의 지위에까지 오르고, 황태자, 나아가 황제의 어머니가 되기까지의 성장 과정은 원에서 고려양이 유행하게 되는 데에도 기폭제 역할을 했다. 이것은 두 가지면에서 이야기해 볼 수 있다.

　　　우선 한 가지는 기황후가 혜종 토곤테무르와의 갈등을 수습하는 과정에서 대도의 권세가들에게 고려 미인을 보냈다는 권형의 『경신외사』기록과 관련해서이다. 앞서 살펴봤듯이, 당시 기황후와 혜종 토곤테무르의 갈등은 기황후가 아들 아유르시리다라에게 카안위를 넘길 것을 도모한 데에서 촉발된 것이었고, 기황후가 권세가에 고려 미인을 보낸 것은 자신과 아들 아유르시리다라의 지지 세력을 확보하기 위한 시도였다. 당시 기황후가 권세 있는 대신들에게 고려 여성들을 보냄으로써,

고려 여성을 데리고 있지 않으면 명가의 반열에 들 수 없다는 인식이 생겼다는 권형의 언급은 다소 과장된 측면이 있을 수 있다. 그러나 기황후 측에서 고려 여성들을 권세가에 보내어 정치적으로 활용했다는 것은 사실일 것이며, 이는 원 지배층 사이에서 고려 여성의 '수'가 증가하는 데에 중요한 하나의 계기가 되었을 것이다. 그리고 이러한 고려 여성들을 매개로 대도의 원 지배층 사이에 고려양이 유행하게 되었을 수 있다.

한편, 권형이 지정 18년 이후의 기황후와 혜종 토곤테무르 간 갈등, 구체적으로는 선위 시도와 관련해서 원 지배층 내에 고려 여성이 증가하게 된 양상을 설명했지만, 동시에 고려양의 유행과 직접적으로 관련된 궁 내 고려 여성 증가의 시점을 '지정 이래'로 명시하고 있다는 점 또한 주목된다. 즉 지정 '18년' 이전부터 이미 원 궁내의 급사와 궁인의 태반을 고려 여성들이 차지하고 있었으며, 그러한 양상이 나타난 시점은 권형이 보기에는 '지정 이래'였다. '지정' 연호가 사용되기 시작한 시점은 기황후가 황후로 책봉된 시점과 맞물려 있다.

이러한 권형의 인식 역시 사실일 수 있다. 고려 출신 여성이 황후가 되었으니, 아무래도 그와 접촉할 일이 많고 함께 업무를 처리해야 할 궁내의 인원들을 이왕이면 고려인으로 새롭게 충원했을 가능성이 없지 않다. 물론 지정 연간 이전에 이미 원 궁내에 상당한 수의 고려인들이 있었을 가능성도 없지 않다.

실제 고려에서는 이른 시기부터 공녀와 환관을 원에 보냈고, 공녀의 경우 그들 모두가 원 궁정에 배치된 것은 아니었지만 다수가 궁으로 들어갔을 가능성이 있다. 특히 환관 가운데에는 원의 요구에 의해 보내진 경우도 있지만 자의 반 타의 반으로 들어간 경우도 있었고, 이들은 황제나 황후 등의 측근에서 중요한 역할을 수행하기도 했다. 그렇게 이미 원 궁정에서 나름대로 자리를 잡은 고려 출신 환관들은 고려에서 온 공녀들에게 물심양면 힘이 되어 주기도 했을 터이다. 환관으로서 휘정원사(徽政院使)에 올랐던 투멘데르[禿滿迭兒]의 추천으로 궁에 들어가 혜종 토곤테무르의 차 시중을 담당하면서 그 눈에 띄어 황후에까지 오르게 된 고려 공녀 기씨, 기황후의 사례가 대표적 사례이다.

즉, '지정 이후' 기황후의 등장과 그 이후 정치적 행보가 원 궁정 안팎에서 고려 여성의 비중 및 위상이 높아지는 데에 중요한 하나의 기폭제가 되었음은 분명할 것이다. 그러나 동시에 기황후라는 존재 자체가 이미 '지정 이전'에도 다수의 고려 출신 궁녀와 환관들이 원 궁정 내에 자리 잡고 있었던 상황, 즉 그러한 상황을 만들어 냈던 이전까지의 고려-몽골 관계의 산물이라는 점도 기억해야 할 것이다.

또 한 가지, 기황후의 존재가 고려양의 유행에 미친 영향과 관련해서 주목할 점은 그의 황후로서의 지위가 갖는 영향력과 그 이미지이다. 그가 황후가 되는 과정에서나 이후 아들을 황태자로 세우는 과정에서 기씨의 '한미한' 가문을 근거로 반대하는 세력들이 있었던 것은 사실이지만, 그럼에도 불구하고 혹은 그러한 반대를 극복하고 황후가 되고 아들을 황태자로 세운 기황후의 위상과 그 영향력은 주목할 만하다.

토곤테무르가 정치적으로 무력한 상황에서 정치적 행보를 계속해 나가는 기황후의 존재는 원 지배층으로서도 신경을 쓰지 않을 수 없는 것이었고, 그와 정치적 이해관계가 없는 궁 안팎의 중하층민들에게 그의 행보와 지위가 가졌던 인상과 영향력은 더 말할 필요가 없을 정도였을 것이다. 특히 그의 성장 스토리는 원 궁정을 구성하고 있던 다수의 하층 궁인 등에게는 그들이 따라가야 할 길을 보여 준 것일 수 있다.

이제까지 없던 고려 공녀 출신 황후의 등장, 그것도 '한미한' 가문 출신이라는 점에서 일반인들이 어느 정도 동질감을 느낄 수 있는 황후의 등장은 원 궁정 안팎에서 여러모로 큰 이슈가 될 수 있는 것이었다.

기황후는 그의 일가인 기철(奇轍, ?~1356) 등의 행적으로

인해 고려사에서는 부정적으로 인식되는 인물이다. 그러나 원
내에서 그의 이미지는 고려 내의 그것과는 차이가 있다.

> 황후는 일이 없으면 『여효경(女孝經)』과 사서(史書)를 가져
> 다 읽으며 역대 황후들의 현명한 행적들을 찾아 이를 모
> 범으로 삼았다. 각지에서 올린 공물 가운데 진귀한 음식
> 이 있으면, 바로 먼저 태묘에 올리도록 하고서야 감히 먹
> 었다. 지정 18년에 경성에 큰 기근이 들자, 황후가 관리
> 에게 명하여 죽을 만들도록 하여 〈경성 시민들에게〉 먹
> 였다. 또한 금과 은, 곡식과 비단을 내어 자정원사 박부
> 카[朴不花]에게 경도(京都)의 11개 문에 묘지를 사게 하여
> 죽은 자 10여만을 장사 지내 주었다. 또 승려들에게 명
> 하여 수륙대회(水陸大會)를 열어 영혼을 달래 주게 했다.
>
> 『원사』권114,「열전」제1, '후비' 1,
> 완자홀도 황후(完者忽都 皇后) 기씨

　　평상시에는 책을 보며 현숙한 황후들의 행적을 모범으
로 삼고, 그에게 선물로 들어오는 진미들을 황실 조상을 위한
태묘에 먼저 올리며, 기근이 들었을 때는 구휼에 앞장서는 등,
기황후는 황후로서의 현숙한 면모를 안팎으로 내보였던, 상당

히 '영리한' 여성이었다.

과장이 있기는 하겠지만, 당시 대도에 있던 고려 여성들은 모두 기황후의 일족이라 칭했다는 기록 역시 기황후의 위상을 보여 주는 일례라 하겠다. 또한 당시 고려의 권세가들 가운데에서는 '제2의 기황후'를 꿈꾸며 자신의 딸을 황태자 아유르시리다라에게 시집보내는 자들도 있었다. 이는 고려 국왕의 입장에서 정치적 위협이 되는 기황후의 득세가 고려 내의 개개인들에게는 일종의 '몽골리안 드림'처럼 보여지기도 했던 당시의 분위기를 보여 준다. 이러한 현상은 고려뿐 아니라 당시 원 내에 있던 다양한 지역 출신 여성이나 개인들에게도 마찬가지가 아니었을까 싶다.

드라마틱한 성장 스토리를 가진, 게다가 황태자의 모후로서 활발한 정치적 행보를 보이는 기황후의 존재는 그의 등장을 계기로 원 궁정에서 '이전보다' 큰 비중을 차지하게 된 고려 출신 궁인들에게 큰 힘이 되었음과 동시에 그의 모국인 고려와 고려의 문화에 대한 관심을 불러일으키고 유행의 흐름을 만들어 내는 데에 기폭제가 되었을 것이다. 흔히 '고려양'이라고 지칭하는 것을 구성하는 요소들이 '딱' 원 말기에 원으로 유입된 것은 아니겠지만, 정확히는 이미 고려-몽골 관계가 시작되면서부터 양국 간을 오고 간 많은 사람들을 통해 이미 원 내에 알려져 있었겠지만, 그것이 '고려양'이라는 특정한 명칭으로 지칭되면서 너도나도 그 '고려양'을 따라하는 '분위기'가 형성된 것은 기황후의 등장에 의해 촉발된 것이었다고 생각된다.

원 말기 '고려양의 유행'은 기황후의 존재를 기폭제로 한 것으로, 이는 단지 고려-몽골 간 문화적 교류라는 의미를 넘어 당대 사회상과 사람들의 지향을 보여 준다. 이미 '성취'를 이루어 낸 개인에 대한 선망 혹은 시기와 질투, 나도 그러한 성취를 이루어 내고자 하는 욕망, 그리고 개개인이 그러한 성취를 이루어 내는 것을 가능하게 했던 고려-몽골 관계의 면면들.

이제 13~14세기 몽골의 등장으로 형성된 세계 질서 안에서 다양한 기회의 순간을 맞이했던 고려인들에 대해 살펴볼 차례이다. 그 모든 것이 자발적인 동기로부터 비롯된 것은 아닐지라도 말이다.

I

2장

고려와 몽골의 관계 속에서 몽골에 간 고려인들

장기간의 전쟁이 끝나고 양국 관계가 안정을 찾으면서 두 나라 사이를 오가는 사람들도 많아졌다. 특히 단순한 왕래 차원을 넘어, 어느 정도 기간을 체류하는 사례들도 많이 발생하게 되는데, 이 가운데에는 전쟁 기간을 거치며 국적을 바꾸어 몽골제국인이 된 고려인들의 사례도 심심찮게 보인다.

1. 예케 몽골 울루스의 확장과 고려, 고려인

1) 전쟁을 거치며 국적을 바꾸다

고려와 몽골의 만남, 전쟁, 강화

_____1206년, 테무친은 몽골초원의 각지에 자리 잡고 있던 여러 부족들을 통합하고 그들에 의해 '칭기즈칸'으로 추대되었다. 이때 칭기즈칸의 지배하에 들어온 세력들을 아우르는 정치조직의 명칭은 '예케 몽골 울루스(Yeke Mongol Ulus)'였다. 울루스는 원래 '사람', '백성'을 의미하는 용어이지만 '부족' 혹은 '국가'라는 의미로도 사용되었고, '예케'는 '크다'라는 의미이다. 한문사료에서는 이를 '대몽고국(大蒙古國)'으로 기록하고 있다.

이후 칭기즈칸은 동서 양 방면으로 정벌을 시작했다. 이 시기의 정벌은 영토를 확장하는 것을 목표로 한 것이기보다는, 정치적 응징을 위한 것이거나, 주로는 이전 시기 유목국가들의 사례와 같이 군사적 위협을 통해 화친을 맺고 그를 바탕으로 필요한 물자들을 안정적으로 공급받는 것을 목표로 한 것이었다. 그러나 위협을 느낀 금은 수도를 개봉으로 옮겨 황하 이북을 포기했고, 호레즘은 멸망했다.

1227년, 호레즘 원정 과정에서 칭기즈칸이 사망하고, 1229년에 그 아들 우구데이[Ögedei, 窩闊台, 재위 1229~1241]가 즉위하면서 전쟁의 양상에 변화가 나타나기 시작한다. 이 시기부터는 단순한 정치적 응징이나 군사적 위협을 넘어 해당 지역에 대한 영토적 지배를 목적으로 하는 정복전쟁이 시작된 것이다. 이러한 정복전쟁은 우구데이가 즉위와 함께 동서 양방향으로의 원정을 시작한 이래로 5대 카안인 세조 쿠빌라이가 1279년 남송을 멸망시킬 때까지 이어졌다. 칭기즈칸과 그 후손들에 의한 제국 확장 과정은 필연적으로 고려에도 영향을 미치게 된다.

고려와 몽골의 관계가 처음 시작된 것은 1218~1219년에 걸쳐 진행된 강동성(현 평안남도 강동) 전투에서였다. 몽골제국의 정벌전이 가속화하는 상황에서 화북 지역에 자리 잡고 있던 금나라의 세력이 위축되자, 그간 금의 지배 아래에 있던 거란인들이 반란을 일으키기 시작했다. 그러한 세력들 가운데 하나인 대요수국(大遼收國)의 걸노(乞奴), 금산(金山) 등은 몽골군의 공격에 패하고 도망쳐 고려 국경을 넘어 들어왔다.

이에 고려 측에서 조충(趙沖, 1171~1220), 김취려(金就礪, 1172~1234)가 이끄는 군대를 보내 공격하자, 이들은 강동성에 들어가 저항했다. 마침 몽골 측에서도 거란적을 토벌한다는 명목으로 카친[呤眞]을 원수로 하는 군대를 보내어 와서 고려 측에 협공을 요청했다. 이에 고려군과 몽골군은 함께 걸노, 금산 등을 공격해서 몰아내었고, 성공적으로 협공을 이루어 낸 고려와 몽골은 '형제맹약'을 맺었다.

이를 계기로 몽골에서는 고려에 사신을 파견해 왔는데, 이들은 이제까지 고려와 관계를 맺었던 중국 왕조의 사신들이 지켜 왔던 의례 규범에서 벗어난 행동 양식을 보였고, 또 무리한 공물을 요구했다. 이 모든 상황은 고려의 입장에서는 매우 당혹스러운 것이었다. 이러한 이유로 몽골과의 관계에 대한 불만이 고려 내에서 고조되는 가운데, 고종 12년(1225, 몽골 태조 칭기즈칸 20), 몽골 측 사신 차쿠르[著古與, ?~1225]가 귀국길에 국경 부근에서 살해되는 사건이 발생했다. 고려 측에서는 부인했지만 몽골은 이를 고려 측 소행으로 의심했고, 이를 계기로 양국 관계는 단절되었다.

그로부터 6년이 지난 고종 18년(1231, 몽골 태종 우구데이 3), 몽골은 6년 전 사신 살해에 대한 응징을 명분으로 고려를 공격해 왔다. 이 공격은 사신 차쿠르 피살 사건에 대한 응징이라는 측면이 있지만, 동시에 1229년에 즉위한 몽골제국 2대 카안 우구데이가 동서 방면으로의 대대적인 원정을 계획하고 실행하는 가운데 동쪽으로의 원정, 즉 금에 대한 원정과 궤를 같이하여 이루어진 것이기도 했다.

별다른 준비가 되어 있지 않았던 고려 조정은 곧바로 그들의 요구 조건을 들어주며 항복했고, 몽골군은 철수했다. 그러나 당시 정권을 장악하고 있던 무신집권자 최우(崔瑀, ?~1249)는 강화도로 천도할 것을 결정했고, 이 결정은 몽골을 자극해 고려는 다시 몽골의 공격을 받게 되었다. 1, 2차 고려 침입을 주도했던 장수인 살리타(撒禮塔, ?~1232)가 승병 김윤후의 화살에 맞아 사망하게 되면서 몽골군은 다시 철수했지만, 이후에도 몽골의 공격은 간헐적으로 계속되었다.

당시 몽골에서는 전쟁을 끝내기 위한 조건으로 고려가 이행해야 할 몇 가지 사안을 제시했다. 여기에는 왕의 자제를 인질로 보낼 것, 역참을 설치할 것, 호적을 작성해서 제출할 것, 몽골의 군사 활동에 군대와 군량을 내어 도울 것, 다루가치를 설치할 것, 국왕이 직접 황제를 만나 항복할 것, 개경으로 돌아올 것 등이 포함되었다. 이 가운데 고려는 왕의 자제를 보내라는 요구에 응한 것 외에는 모두 적극적으로 응하지 않았다. 물론 이조차도 현재 국왕의 자제가 아닌, 먼 왕실 인물을 보내어 대충 얼버무렸지만 말이다.

그러나 전쟁이 장기화하고 그 피해 상황이 심각해지면서 고려 측에서도 몽골의 요구에 보다 적극적으로 응해서 전쟁을 끝내야 한다는, 이른바 '강화론'이 힘을 얻기 시작했다. 여기에는 본토민의 피해가 커져 본토에서 강화도로의 세금 유입이 용이하지 않게 되면서 강화도 조정의 재정적 기반이 위태로워진 상황, 그리고 마침 몽골 측의 요구 조건이 이전보다 완화된 상황 등이 함께 작용했다. 이즈음 몽골에서는 전쟁을 끝내기 위해 국왕이 직접 몽골에 가서 황제를 만나 항복해야 한다는 요건을 완화해 국왕 대신 태자가 황제를 만나는 것도 허용해 고려에 선택의 폭을 넓혀 주었던 것이다.

결국 고종 45년(1258, 몽골 헌종 몽케 8) 항쟁 지속을 주장하던 무신집권자 최의(崔竩, ?~1258)가 피살되었고, 이듬해 고려의 태자 왕전(王倎, 1219~1274: 뒤의 원종)은 황제를 만나기 위해 몽골로 갔다. 전쟁이 시작된 지 거의 30년이 흘렀고, 이제 그 끝이 보이기 시작했다.

전쟁을 거치며 몽골인이 된 고려인들

장기간의 전쟁이 끝나고 양국 관계가 안정을 찾으면서 두 나라 사이를 오가는 사람들도 많아졌다. 특히 단순한 왕래 차원을 넘어, 어느 정도 기간을 체류하는 사례들도 많이 발생하게 되는데, 이 가운데에는 전쟁 기간을 거치며 국적을 바꾸어 몽골제국인이 된 고려인들의 사례도 심심찮게 보인다.

이러한 사례들은 크게 두 부류로 나누어 볼 수 있다. 한 가지는 전쟁 과정에서 몽골에 투항해 가서 현지에 자리를 잡은 경우이며, 다른 한 가지는 유민, 혹은 전쟁 포로로 잡혀갔다가 정착한 경우이다.

포로가 된 강수형, 몽골의 고려통이 되다

먼저 후자의 경우 그 사례를 일일이 확인하기는 쉽지 않으나, 초기 고려-몽골 관계에서 활약한 인물로 강수형(康守衡, ?~1289)의 사례가 있다. 그는 고려의 진주(晉州) 출신으로 어렸을 때 포로가 되었다고 한다. 강수형은 원종 원년(1260), 그 전년에 강화를 위해 몽골에 들어갔던 태자 왕전이 아버지 고종의 부고를 듣고 몽골에서 고려 국왕에 책봉되어 고려로 돌아오는 것을 호종한 인물로서 처음 고려사에 등장했다. 당시 강수형은 몽골인 쉬리다이[束里大]와 함께 다루가치로 파견되어 고려 국왕이 강화도에서 개경으로 환도하는 과정을 감독하고 돌아갔다.

이후로도 강수형은 몽골에서 생활하면서 북경동지(北京同知), 동경총관(東京摠管), 대녕총관(大寧摠管) 등의 관직을 맡았으며, 고려에 사신으로 파견되거나 고려 국왕이 몽골에 입조했을 때 함께하고, 고려에 대한 정보를 제공하는 등 몽골의 고려통으로 활약했다. 이에 고려에서도 그에게 관직을 수여하여, 충렬왕 15년(1289) 사망할 당시에는 그 관직이 정2품 재상직인 찬성사(贊成事)에까지 이르렀다.

전쟁이라는 위기를 개인의 기회로 만들어 낸 사례라고 할 수 있겠다. 전쟁기에 포로가 되어 몽골로 잡혀간 모든 고려인들이 강수형과 같은 경력을 거치진 못했겠지만 말이다.

홍씨 일가, 대표적 부원배가 되다

전쟁 과정에서 몽골에 투항해 현지에 자리 잡은 사례들 가운데에서는 전쟁 초기에 투항해 간 홍씨 일가의 사례가 대표적이다.

고종 18년(1231) 몽골의 1차 침입 당시 인주(麟州: 현 평안북도 의주) 지역의 도령(都領), 즉 전투부대 지휘관이었던 홍복원(洪福源, 1206~1258)은 그의 아래에 있던 민들을 이끌고 몽골에 투항했다. 그의 아버지인 홍대순(洪大純) 또한 인주의 도령으로 있다가 강동성 전투 당시 몽골군이 고려에 들어왔을 때 투항한 바 있다. 이후 고종 20년(1233), 홍복원은 고려에 반기를 들고 몽골로 들어가서 요양(遼陽)과 심양(瀋陽) 지역에 거처했다. 몽골에서는 그에게 관령귀부고려군민장관(管領歸附高麗軍民長官), 즉 '귀부한 고려의 군사와 민을 관리하고 다스리는 장관'이라는 의미의 직책을 내리고, 전쟁 중에 투항했거나 유망해서 몽골로 간 고려인들을 관리하는 한편으로 아직 몽골에 귀부하지 않은 민을 불러들이고 토벌하는 일을 맡아보게 했다. 홍복원은 이후 수차례에 걸친 몽골의 고려 공격에 앞장섰다.

그의 아들 및 후손들 또한 이후 대대로 요양 및 심양 지역에서 여러 관직을 맡아 활동하게 된다. 그 가운데에서도 홍복원의 아들인 홍차구(洪茶丘, 1244~1291)와 홍군상(洪君祥), 그리고 홍차구의 아들인 홍중희(洪重喜, ?~1310)의 사례가 고려-몽골 관계와 관련하여 그 활동이 두드러지게 드러난다.

특히 원종 2년(1261, 원 세조 중통 2)에 홍복원을 이어 관령귀부고려군민총관이 된 홍차구는 충렬왕 시기의 대표적 부원배로 꼽힌다. 그는 삼별초 난 진압과 이후 일본 원정 준비 및 실행 과정에서 중요한 역할을 담당하면서 고려와 갈등을 빚게 된다.

예컨대, 『고려사』에는 원종 12년(1271), 홍차구가 삼별초 토벌을 위해 황제의 조서를 들고 고려에 와서 왕을 보고도 절을 하지 않았다는 기록이 있다. 이후 원종 15년(1274)에는 일본 정벌을 위한 준비 과정에서 조선(造船), 즉 배를 만드는 일을 감독하는 업무를 맡은 감독조선관군민총관(監督造船官軍民惣管)에 임명되어 고려에 왔다. 당시 배를 만드는 고려인들을 가혹하게 독촉하고 장인들을 징집해 전국이 소란스러워졌다고 한다.

일본 원정 과정에서는 동정(東征), 즉 일본 정벌을 총괄하는 부원수인 동정부원수(東征副元帥)에 임명되었는데, 이때에도 역시 기한을 맞추어 뱃사공 등 인원을 준비하지 못했다는 이유로 이 일을 담당했던 대장군에게 장을 치고 다른 인물로 교체했다고 한다. 이후 충렬왕 3년(1277), 제2차 일본 원정을 위해 세조 쿠빌라이는 다시 홍차구를 정동도원수(征東都元帥)로 임명했다.

당시 삼별초 토벌에서부터 1차 일본 원정까지 고려 측 군대를 이끌었던 김방경(金方慶, 1212~1300)에 대해 불만을 갖고 있었던 휘하의 무관들이 그가 원 조정에 대해 반역을 도모했다고 무고하는 사건이 발생했다. 이는 일찌감치 사실이 아님이 판명되었으나, 당시 홍차구는 이 사건을 고려 국왕과 엮어 황제의 처벌을 받도록 하고자 하여 충렬왕을 곤혹스럽게 했다.

홍차구의 아들 홍중희 역시 그 아버지를 이어 대표적인

부원배로 이름을 올렸다. 홍중희는 고려 충선왕 대에 활동하며, 요양행성(遼陽行省) 우승(右丞)의 관직에 올랐던 인물이다. 그는 충선왕 복위 후 그의 정치 운영의 문제점에 대해 지적하면서 입성(立省), 즉 고려에 두어졌던 정동행성을 원 내지(內地)의 다른 행성들과 동일한 방식으로 운영할 것을 요청하기도 했다.

원의 행성은 지방통치기구로서 기능했던 것에 비해, 고려의 정동행성은 지방통치기구로 운영되기 위한 관료의 구성을 갖추고 있지 않았으며 무엇보다 고려 국왕이 그 장관인 승상직을 겸하고 있었다. 고려 국왕을 수반으로 하는 고려 정부의 관부들이 제 기능을 하는 가운데, 행성이 행정기구로서 온전한 형태와 기능을 갖출 필요성은 없었다. 그러나 몽골 복속기에는 정동행성의 구성과 운영을 원 내지의 그것과 동일하게 하자는 주장, 즉 입성론이 수차례 제기되었다. 이 논의는 여러 가지 정치적 맥락을 갖지만, 기본적으로 고려의 국가로서의 정체성보다 행정기구로서의 행성의 기능을 강화시키고자 하는 논의였다.

홍차구나 홍중희의 위와 같은 행동들에 대해서는 주로 그 아버지 홍복원 대에 발생한 사건으로 인한 고려 및 고려 왕실에 대한 원한이 그 배경으로 이야기된다. 그 선대의 악연은 다음과 같다.

고려와 몽골이 전쟁 중이던 고종 28년(1241, 몽골 태종 우구데이 13), 몽골의 요구에 따라 고려에서는 종실의 방계인 영녕공(永寧公) 왕준(王綧, 1223~1283)을 질자(質子), 즉 투르칵[禿魯花]으로 보냈다. 그는 몽골에 간 뒤 홍복원의 집에서 기거했는데, 처음에는 둘의 사이가 좋았으나 점차 틈이 생겨 왕준이 불만을 갖게 되었다고 한다. 이러한 가운데 수년이 지나 고종 45년(1258, 몽골 헌종 뭉케 8), 홍복원이 무당을 불러 무언가에 대해 저주를 한 일이 발생하자, 왕준이 이를 카안에게 아뢰어 홍복원이 조사를 받게 되었고, 홍복원은 이 문제로 왕준에게 불만을 토로했다. 왕준의 부인은 몽골인이었는데, 왕준에게 불만을 토로하는 홍복원의 말투와 말소리가 거친 것을 듣고 홍복원을 불러 자신의 앞에 엎드리게 하고 꾸짖었다고 한다. 그다음의 이야기는 『고려사』 홍복원 열전에 실린 사료를 통해 보도록 하자.

〈왕준의 부인이 묻기를〉 "너는 너의 나라에 있을 때 무엇을 하던 사람이었느냐?"라고 하였다. 홍복원이 "변방 사람입니다"라고 대답하였다. 또 묻기를, "우리 공은 무엇을 하던 사람이냐?"라고 하니, 답하기를, "왕족이셨습니다"라고 하였다. 〈왕준의 부인이〉 말하기를, "그렇다면 참으로 〈우리 공이〉 주인이며, 네가 참으로 개이거

늘, 도리어 공을 개라고 하면서 주인을 물었다고 한 것은 무엇 때문이냐? 나는 황족인데, 황제께서 우리 공을 고려 왕족이라 하여 그와 혼인시켰다. 그리하여 나도 아침저녁으로 부지런히 모시며 딴마음을 품지 않았다. 공이 만약 개라면, 어찌 어떤 사람인들 개와 같이 사는 자가 있겠느냐? 내 마땅히 황제께 아뢸 것이다"라고 하고, 드디어 그 길로 황제의 처소로 갔다. 홍복원이 울며불며 머리를 조아리고 죄를 비니, 왕준이 따라가서 그만두게 하려고 하였으나 따라잡지 못했다.

홍복원이 재산을 털어서 뇌물을 준비하여 왕준에게 주고 서둘러 길을 재촉하여 뒤쫓아 가다가 길에서 칙사를 만났다. 칙사가 즉시 장사 수십 명을 시켜 홍복원을 발로 밟아 죽이고, 가산을 적몰하며 그의 처와 아들 홍차구·홍군상 등에게 형틀을 씌워 압송해 갔다. **홍복원의 여러 아들은 아버지의 죽음에 악감을 품고서 끊이는 바가 없이 고려를 모함했다.**

『고려사』 권130, 「열전」 권제43, '반역' 4, 홍복원

홍복원과 영녕공 왕준의 갈등은 요양과 심양 지방에 있는 귀부한, 혹은 새롭게 귀부할 고려민들에 대한 관리 권한을

둘러싼 것이었다. 둘 사이에 불화가 생기기 시작한 시점은 왕준이 몽골의 고려 침략 과정에서 사신으로 고려에 갔던 고종 40년(1253)부터 시작되었던 것으로 보인다. 당시 몽골에서는 왕준을 사신으로 보내어 고려와 강화를 체결하도록 하고, 그대로 요양과 심양 지역을 지키며 고려인으로서 새롭게 귀부하는 자들을 다스리게 했다. 이러한 점은 이미 같은 지역에서 유사한 권한을 행사하고 있었던 홍복원의 입장에서는 불만일 수밖에 없었을 것이니, 홍복원의 저주는 왕준과 관련된 것이었을 가능성이 없지 않다. 왕준 측에서도 귀부한 고려인을 관리하는 권한에 상당한 욕심이 있었던 것으로 보이니, 홍복원의 죽음과 관련해 『원사』 홍복원 열전은 다음과 같이 기록하고 있다.

> 마침 고려〈왕〉의 족자(族子) 왕준이 질자로 들어와서 **몰래 본국의 귀순한 인민을 함께 통솔하고자 하여 홍복원을 황제에게 참소하므로** 마침내 〈홍복원이〉 살해당했다.
>
> 『원사』 권154, 「열전」 권제41, 홍복원

이러한 갈등 끝에 몽골 황족이었던 왕준의 부인이 개입하면서 결국 홍복원은 황제의 명에 따라 장사 수십 명의 발에 밟혀 그야말로 '개죽음'을 당했다. 그러니 그 아들들은 직접적으로는 왕준 및 그 일가, 나아가서는 고려에 대해 원한을 품게 되었다는 것이다. 충분히 납득할 만한 상황이라 할 수 있다.

그런데, 마찬가지로 홍복원의 아들로, 위의 사료 말미에 홍차구와 함께 형틀을 쓰고 압송당했다고 언급된 홍군상의 행적은 홍차구 부자의 행적과는 상당히 다른 면모를 보인다.

먼저 홍군상의 관력을 보면, 그는 다른 형제들과는 달리 요양·심양 지역이 아닌 몽골 중앙 조정에서 관직생활을 하여 집현전대학사(集賢殿大學士)까지 올랐다. 그는 원 조정에서 추진하는 일본 원정과 관련해 고려의 입장에서 의견을 진술하기도 했는데, 예컨대 충렬왕 18년(1292, 원 세조 지원 29)에 세조 쿠빌라이가 다시 일본 정벌을 진행하기 위해 고려에 선박을 건조할 것을 명하자, 홍군상은 군사를 일으키는 일이 작은 일이 아니니 고려의 의사를 먼저 물어본 후 실행할 것을 고했다고 한다. 이후 세조 쿠빌라이가 사망하자 홍군상은 승상 울제이[完澤]에게 이야기해 일본 정벌을 중지할 것을 청하기도 했다. 이에 그 공로를 인정받아 충렬왕 21년(1295), 고려에서는 그를 공신에 책봉하고 관직을 내려 주었다고 한다.

홍군상의 말에 따라 고려의 의사를 물어본 후, 세조 쿠빌라이는 고려에 선박 건조를 명하면서 홍파두아(洪波豆兒)라는 인물로 하여금 그를 감독하게 했다. 홍파두아는 홍군상의 형

홍웅삼(洪熊三)의 아들이라고 하는데, 그는 고려 궁궐이 보이자 말에서 내려 눈물을 흘리면서 "비록 금의환향이라고 하지만, 직분이 민들을 괴롭히는 것이니 정말로 부끄럽구나"라 했다고 하며, 고려의 재상들에게도 깍듯이 예우했다고 한다. 홍웅삼이나 홍파두아에 대해서는 홍파두아가 이때 고려의 선박 건조를 감독하러 왔다는 사실 이외에는 확인하기 어렵다.

　　같은 아버지의 아들이며, 아버지의 죽음을 함께 본 아들인데, 이들의 고려에 대한 시선이 다른 이유는 무엇일까? 홍군상은 고려를 원망하는 형 홍차구에 대해, "차라리 영녕공을 원망할지언정 감히 나라를 등질 수는 없다"라고 했다고 하니, 그의 말을 두고 보면 홍군상은 아버지의 일로 인한 사적인 원한을 모국인 고려와 관련한 공적인 일에까지 확대시키지 않은, 공과 사를 구분할 수 있는 인물이었다고 할 수 있겠다. 홍차구나 홍중희가 고려와 관련한 사안에서 보였던 행동의 이면에 고려나 고려 왕실에 대한 원한이 있었던 것은 분명해 보이며, 이러한 점은 홍군상 등의 행동에 비할 때, 공적인 일에 사적인 감정을 앞세운 행동이었다고 할 수 있다. 그렇다면 홍차구·홍중희와 홍군상의 차이는 단지 성품이나 판단력의 차이이기만 할까?

　　홍차구·홍중희와 홍군상은 고려 왕족과 관련된 아버지

의 억울한 죽음이라는 선대의 경험은 공유하고 있지만, 이들 사이에는 그들 각각이 처한 당시의 상황이 고려와 관계되는 지점에서 큰 차이가 있었다.

살펴본 바와 같이, 홍차구와 홍중희는 홍복원을 이어 요양 및 심양 지역, 구체적으로는 그 지역에 거주하는 귀부한 고려인들을 세력 기반으로 하고 있었다. 따라서 고려나 고려 국왕의 움직임은 이들에게 단지 아버지 대의 원한 차원을 넘어 현실의 기반과 관련해서 중요한 문제였고 민감하게 대응하지 않을 수 없는 문제였다. 또한 위에서 열거한 홍차구의 행위들은 물론 고려와 고려 국왕 입장에서는 괘씸한 측면이 있지만, 동시에 그가 담당한 업무가 일본 원정 준비를 위한 군사 감독관 업무였기에 그 역할에 충실하게 행동한 측면이 있다. 홍중희가 제기한 문제 역시 전혀 얼토당토않은 이야기는 아니었다. 물론 그러한 행동의 이면에 사적인 감정이 개입되어 보다 강하게 대응한 측면이 있기는 하겠지만 말이다.

이에 비해 홍군상은 원 중앙의 관직을 역임했기 때문에, 그의 현실적 이해관계가 딱히 고려나 고려 국왕의 이해관계와 배치되거나 갈등관계에 있지 않았다. 그가 일본 원정 준비와 관련해 고려의 입장을 배려했던 것은 사실이지만, 일본 원정 중단의 필요성은 고려의 입장에서뿐 아니라 원의 입장에서도 당시 상황에서 충분히 진지하게 고려해야 할 문제였다.

요컨대, 홍복원의 아들 및 자손들이 고려에 대해 보였던 자세의 차이는 개인적인 성향의 문제도 분명 있었겠지만, 그들의 현실적 기반이 고려와 어떠한 관계에 있는지에 따른 측면도 있었다. 이러한 이야기가 부원 세력의 행동에 면죄부를 주고자 하는 것은 아니다. 다만, 홍씨 일가와 같은 자들이 고려 출신이라는 점을 부각해 그들의 행동을 고려를 위하는 것인가 아닌가를 기준으로 도덕적 판단을 하는 것이 당대 사람들의 행동을 평가하는 적절한 기준이 될 수 있는가의 문제를 생각해 볼 필요는 있을 것이다.

그들은 비록 그 선대가 고려 출신일지언정 고려에 소속된 사람들은 아니다. 몽골제국인으로서의 정체성을 가지고 그 땅에 기반해 살아가고 있던 사람들이다. 물론 그럼에도 어떤 사안이 발생했을 때 이들이 모국의 입장을 배려해 준다면 고마운 일일 것이다. 그러나 그들의 행동이 모국, 즉 고려에 도움이 되는 행동이었는지의 여부에만 초점을 맞추어 그들의 행동을 판단하는 과정에서 그들의 행동이 보여 주는 당대 시대상의 중요한 부분을 놓칠 수도 있다는 점도 염두에 두어야 할 것이다.

조휘와 탁청의 투항으로 쌍성총관부가 설치되다

홍씨 일가 외에도 전쟁기에 고려에서의 기반을 가지고 투항해 현지 세력화한 고려인들이 있다. 고려-몽골 전쟁이 막바지에 이르렀던 고종 45년경, 몽골군에 저항하다가 한계를 느낀 조휘(趙暉), 탁청(卓靑) 등이 철령(鐵嶺) 이북 지역을 몽골에 바치고 투항했다. 몽골은 이 지역에 유명한 쌍성총관부를 설치했고, 조휘와 탁청을 각기 총관(摠管)과 천호(千戶)로 임명했다. 이들 역시 이후 이어진 몽골의 고려 공격에 앞장섰고, 그 후손들은 이후 공민왕 대 고려가 쌍성총관부를 수복하기까지 대대로 이 지역의 총관 및 천호직을 세습했다.

이들 역시, 몽골에 투항한 장본인들의 경우는 별개로 하지만, 그 후손들의 정체성은 홍씨 일가의 경우와 유사하다. 공민왕이 '반원개혁'을 통해 쌍성총관부를 수복하는 과정에서 총관 조소생(趙小生, ?~1362)과 천호 탁도경(卓都卿, ?~1362)은 고려에 저항하고, 조휘의 손자인 조돈(趙暾, 1308~1380)과 지역 토착 세력이자 이성계(李成桂, 1335~1408)의 아버지로 유명한 이자춘(李子春, 1315~1360)이 고려군에 내응했다고 한다. 동일한 조휘의 후손들이지만 조소생과 조돈의 선택이 달랐던 것은 물론 고려라는 모국에 대한 그들의 도덕적 인식이 작용한 측면도 있겠지만, 당시 상황에 대한 그들의 정치적 판단이 작용한 결과였다고 봐야 할 것이다.

　　이러한 점은 위에 잠시 언급되었던 영녕공 왕준의 사례에서도 유사하다. 그는 고려 왕실 구성원이기는 했으나 현 왕실과는 혈연 거리가 매우 멀었다. 몽골에서 질자를 요구하지만 몽골에 들어가는 것을 모두가 꺼리는 상황에서 왕의 아들, 즉 왕자라고 신분을 속이고 몽골에 보내졌다. 이후 이 사실이 발각되어 질책을 받게 되자, 고려 측에서는 왕이 그를 사랑하여 '애자(愛子)', 즉 사랑하는 아들이라고 불렀으니 왕자는 왕자라는 얼렁뚱땅한 변명을 늘어놓았다. 그러나 그간 왕준이 몽골 황실에서 신뢰를 얻었던 까닭에 헌종(憲宗) 몽케[Möngke, 蒙哥, 재위 1251~1259]는 "네가 비록 왕자는 아니지만 본디 왕족이고, 우리 땅에 오래 살았으므로 곧 우리의 무리이기도 하다"라고 하며 그를 받아들였다.

　　이후 왕준의 행적에서는 몽골이 고려를 공격하거나 고려에서 군대를 징발하는 과정에서 몽골의 입장을 대변하는 경향이 두드러지게 나타난다. 앞서 본 바와 같이 그는 몽골 황실 여성과 혼인했고, 안무고려군민총관(按撫高麗軍民總管)이 되어 2,000여 호를 하사받아 심양 지역에 자리 잡게 되며, 그의 후손들은 요심 지역에서 고려 군민을 관리하는 총관직을 세습했다.

　　한편, 요양 및 심양 지역의 홍씨 일가나 쌍성총관부의

조·탁 일가, 그리고 왕준 일가의 사례에서 한 가지 더 생각할 수 있는 것은 이들의 인적 기반이 되었던 것이 해당 지역의 귀부한 고려인 또는 고려 유민들이었다는 사실이다. 이들 존재는 이후 고려와 몽골 사이에 민호 추쇄 문제를 발생시키기도 하는데, 전쟁 시기를 거치면서 국적을 바꾼 이들 가운데 기록에 그 이름이 남아 있지 않은 매우 많은 고려인들이 있었음을 보여 준다.

이백우, 몽골의 한인 세후 사씨 일가와 연결되다

홍씨 일가에 비해 많이 알려져 있지는 않지만, 이백우 (李伯祐, 1190~1272) 역시 전쟁기에 투항 혹은 포로가 되어 몽골에 정착한 사례다. 투항 혹은 포로의 과정이나 그 이전의 상황에 대해서 정확히 알기는 어렵지만 그와 관련한 몇 가지 기록을 근거로 할 때, 그는 고종 5년(1218)의 전투 과정에서 몽골에 투항하거나 포로가 되었을 것으로 추정된다. 이 전투는 고려와 몽골 간의 전쟁이 아니라 고려와 몽골이 연합해서 강동성에 자리를 잡고 있던 거란을 공격한 것이었던 만큼, 포로가 되었다기보다는 투항을 했던 것으로 보는 편이 타당할 듯하다.

몽골 태조 칭기즈칸 20년(1225, 고려 고종 12) 무선(武仙)이라는 인물이 하북서로도원수(河北西路都元帥) 사천예(史天倪,

1187~1225)와 그의 일가를 살해하고 진정부(眞定府)를 근거지로 반란을 일으키자, 당시 대도에 있던 사천예의 동생 사천택(史天澤, 1202~1275)이 이 소식을 전해 듣고 스스로 군사를 이끄는 한편으로, 잘라이르부 국왕 패로(孛魯, 1197~1228)에게 상황을 알리고 군사를 요청해 반란군을 토벌한 사건이 있었다. 당시 진정부로부터 대도의 사천택에게, 다시 사천택으로부터 잘라이르부의 패로에게 이 소식을 전한 인물이 바로 이백우였다.

이백우와 연관되어 등장하는 사천택, 사천예는 모두 사병직(史秉直)의 아들로, 사씨 일가는 몽골제국 초기의 대표적 한인 세후 가문 중 하나였다. 사병직은 일찍이 칭기즈칸 시기 대표적 장수인 잘라이르부의 무칼리[木華黎, 1170~1223] 국왕에게 투항했고, 무칼리는 그 장남인 사천예를 만호장에 임명했다. 이후 사씨 일가는 무칼리의 군대를 따라 금국 정벌 등 여러 전투에 참가해 공을 세웠다. 고려인 이백우와 사씨 일가의 관계, 다시 사씨 일가와 무칼리 가문의 관계를 볼 때, 1218년의 전투, 즉 강동성 전투에 몽골군을 이끌고 고려에 온 원수들 중 찰랄(札剌)이 무칼리 휘하 잘라이르부 소속으로 추정되므로, 이 과정에서 무칼리의 부대에 투항하거나 포로가 된 이백우는 사천예 아래로 들어가게 되었던 것으로 보인다.

사천예가 사망한 후 그 동생인 사천택이 그 뒤를 이어

하북서로도원수직을 맡게 되고, 이백우는 다시 사천택 휘하에서 금국 정벌 및 남송 정벌 등 여러 전쟁에 나가 공을 세우게 된다. 그리고 그 공으로 천호, 섭진정만호(攝眞定萬戶)의 지위까지 오르며, 쿠빌라이가 직접 참여한 악주(鄂州) 전투에 종군하여 공을 세움으로써 세조 쿠빌라이 중통(中統) 2년(1261)에는 무위군도지휘사(武衛軍都指揮使)에 임명되었다. 무위군은 세조 쿠빌라이가 즉위한 후 조직한 친위군 성격의 군대이다. 고려에서의 별다른 기반이 없이 전쟁 중에 투항 혹은 포로로 몽골에 가서 황실 친위군을 이끄는 지위에까지 올랐으니, 성공했다고 할 수 있겠다. 그가 사망한 후 그 자제들 역시 아버지의 관직을 세습하거나 진정부의 총관직 등을 맡으며 현지에서 자리를 잡았다.

　　이백우 및 그 일가와 관련해서는 그들이 맺은 혼인관계가 주목된다. 이백우는 3명의 부인과 결혼했고, 그들과의 사이에서 15명의 아들과 12명의 딸을 두었으며, 이들로부터 다시 손자 41명과 손녀 24명을 두었다고 한다. 이들 손녀들 가운데 6명이 사천택 집안으로 시집을 갔으며, 이 외에도 이백우가 진정부에서 군사 활동을 하는 가운데 친분을 쌓게 된 인물들의 집안과 혼인관계를 맺었다. 특히 원대 한인 세후로서 영향력과 입지가 상당했던 사천택 집안과의 통혼이 주목되는데, 이백우의 아들 이각(李珏)의 딸은 사천택의 둘째 아들 사강(史杠)과 혼인했고, 이백우 형의 딸은 사천택 본인과 혼인했다.

한편, 이백우 집안의 혼인관계와 관련해서, 그의 신도비를 쓴 요수(姚燧, 1238~1313)의 사례도 주목된다. 요수가 이백우의 신도비를 쓰게 된 것은 일차적으로는 그가 이백우의 아들로 강릉총관(江陵總管) 등 관직을 지냈던 이각과 친분이 있었기 때문인데, 이에 더하여 이백우와의 인척관계도 영향을 미쳤다고 한다. 즉, 이각의 딸이 사천택의 둘째 아들과 혼인했고, 사천택의 막내아들이 요수의 큰아버지인 요추(姚樞, 1201~1278)의 딸과 혼인하게 됨으로써, 이백우 집안과 요추 집안은 사천택 집안을 매개로 인척관계를 맺게 되었던 것이다. 요추는 세조 쿠빌라이의 측근으로 활동하면서 조카인 요수와 함께 원에 성리학이 자리 잡는 데에 중요한 역할을 했던 인물이다. 요수는 충선왕과 인연이 있어 충선왕이 무종 카이샨을 옹립한 공으로 심양왕(瀋陽王)에 봉해진 후 심왕(瀋王)으로 다시 봉해지자, 그를 위해「고려심왕시서(高麗瀋王詩序)」라는 글을 짓기도 했다.

이백우 및 그 자제들은 홍씨 일가나 앞서 본 다른 이들과 달리 고려와 관련된 사안에 연관되지 않았기 때문에『고려사』에 기록되지 않았고, 이에 잘 알려져 있지는 않다. 이들이 고려와 관련한 사안에 거의 등장하지 않았던 것은 그들의 활동 지역과 기반이 고려와는 동떨어져 있었기 때문이다. 고려 유민들이 주된 기반이 되는 요양이나 심양 지역도 아니었고, 고려-몽골 관계의 현안을 다룰 수 있는 중앙정계도 아니었다. 따라서 '고려사'라는 관점에서만 보면 이들은 크게 의미를 갖지 않는 사람들이라고 할 수도 있다.

그러나 이 시기에 발생한 작지 않은 규모의 인구 이동과 그들의 현지화라고 하는 문제를 놓고 보자면, 이백우 및 그 후손들의 삶은 오히려 눈길을 끄는 부분이 있다. 이들은 고려 출신이기는 하지만 딱히 고려와 직접 관련되지 않으면서 그야말로 완벽하게 현지화한 사례이기 때문이다. 전쟁 과정을 통해 몽골로 건너간 고려인들 가운데 고려와 직접 연결되어 사료에 등장하는 사람들보다는 고려 출신임을 잊지는 않았으되 현지화해서 그곳에서 살아간 사람들이 더 많지 않았을까?

한편 이백우 및 그 후손들은 그들 스스로 특별히 고려와 연계되는 행적을 보이지는 않았지만, 이들과 인척관계를 맺은 많은 현지인들에게 '고려'라고 하는 대상을 보다 친숙한 대상으로 여기게끔 했을 수는 있다. 이들과의 관계가 영향을 미쳤는지 알 수는 없지만, 위에 언급되었던 요수가 심왕을 위한 글을 짓기도 했고, 사천예의 손자인 사요(史燿, 1256~1305)는 업무 과정에서 고려를 배려하는 주장을 하기도 했다. 즉, 그가 강절행성(江浙行省) 우승(右丞)이 되었을 때, 고려 충렬왕이 사람을 보내어 고려의 산물을 강절 지방에서 판매하고자 했는데, 이때 담당 부서에서 다른 사례에 근거해 3/10의 관세를 부과하려 하자, 사요는 고려와 원의 관계가 오래되고 긴밀함을 들어 3/10의 관세는 면제해 주고 1/30의 상세만을 취할 것을 주장했다고 한다. 요수나 사요의 고려에 대한 우호적 태도에 이백우 일가와의 인척관계가 영향을 미쳤다고 분명하게 이야기할 수는 없지만, 전혀 관련이 없다고 할 수도 없을 것이다.

전쟁기를 거치며 몽골로 가서 정착한 일반적인 고려인들 중 이백우의 경험에 비길 정도의 유명한 집안 및 인사들과 직간접적으로 관계를 맺을 수 있는 사람들이 많지는 않았을 것이다. 따라서 그들이 나름 고려라는 나라를 인지시킬 수 있는 대상도 사료에 이름을 올릴 일이 없는 일반 현지인들이 다수였을 것이다. 그러나 어찌 보면 이러한 삶이 이 시기 국적을 바꾼 고려인들의 보다 보편적이고 일반적인 모습이었을 수 있다. 그리고 이러한 많은 사례들의 축적이 결국 원 말기 기황후의 등장이라는 촉매를 만나 '고려양'의 유행을 만들어 낸 것은 아니었을까?

2) 왕과 왕자를 따라갔다가

몽골 황실의 케식이 된 고려의 왕자들을 수행하여

_____고려와 전쟁하던 시기, 몽골은 군대를 철수하는 조건으로 몇 가지 요구 사항을 내걸었다. 그 가운데 질자, 즉 인질이 될 왕자 및 양반가의 자제를 보내라는 요구가 포함되어 있었는데, 이때의 '질자'는 몽골어로는 투르칵이라고 하고, 한문 사료에는 독로화(禿魯花)라고 기록되어 있다. 서로 대립하는 관계에서 요구되는 투르칵은 당연히 인질의 의미를 갖는데, 이렇게 투르칵으로 몽골에 보내진 고려의 왕자 및 양반가 자제들이 케식[怯薛]에 참여했다는 점이 주목된다.

앞서 고려양을 언급한 도종의의 글에도 나오는 겁설(怯薛), 즉 케식은 숙위(宿衛)라고 표현되기도 하는데, 몽골의 황제·황후·종왕·공주 등의 친위부대로, 순번을 나누어 황제 등의 신변을 호위하며 중요한 정책 결정의 과정에 참여했다. 그 안에서는 비체치, 코르치, 바우르치 등 각자 직무 분담이 이루어져 있다. 서기관, 활통 잡는 사람, 차 시중드는 사람 등 별난 것 없어 보일 수 있지만, 이들이 기본적으로 몽골 지배층의 자제이자 황제가 신임하는 이들로 구성되었다는 점, 황실 구성원과 일거수일투족을 함께한다는 점은 몽골에서 이들의 위상을 이해하는 데에 매우 중요한 부분이다.

즉, 몽골에서 케식은 포섭해야 할 다른 정치 단위와의 관계에서는 그 지배층의 자제들을 참여시킴으로써 그들을 '인질'로서 활용하는 측면이 있기는 했지만, 동시에 몽골 내 지배층의 자제들도 참여하고 있는 집단에 이들을 포함시킴으로써 제국의 지배층으로 재교육시키는 통로이기도 했다. 여기에 참여하는 사람들, 예컨대 고려의 왕자나 양반가 자제들의 입장에서도 케식에 참여함으로써 황실 구성원과 돈독한 관계를 형성할 뿐 아니라 몽골의 지배층과 동일한 집단 내에서 활동하며 인맥을 쌓을 수 있었다. 몽골과의 관계가 유지되는 한에서 케식 참여는 참여자의 정치적 기반과 입지에 도움이 되는 것이었다.

전쟁 중에 투르칵으로 몽골에 갔다가 요양·심양 지역에 자리 잡게 된 영녕공 왕준 이후로도, 고려 왕실에서는 대대로 몽골에 투르칵을 보내어 케식에 참여하게 했다. 대체로는 고려 국왕의 아들이, 현 국왕의 아들이 아직 없거나 어릴 경우에는 그 형제 중 1인이 케식으로 들어갔다.

이러한 가운데 케식 참여는 고려에서 고려 국왕위 계승을 위한 일종의 통과의례처럼 인식되기도 했다. 어찌되었든 고려 국왕이 된 자들은 왕위에 오를 당시 나이가 어렸던 충목왕과 충정왕을 제외하고는 모두 왕위에 오르기 전 케식에 참여한 경험을 갖고 있었다. 몽골 황실의 케식에 참여하는 것은 몽골제국의 핵심 지배층과 인맥을 쌓을 수 있는 기회를 제공했기 때문에, 몽골과의 관계가 안정되고 그 권위가 고려 정치에서 작용하는 범위가 확대되는 상황에서 이는 국왕이 된 후 정치를 행하는 과정에서도 큰 기반이 되는 것이었다.

여기에서 한 가지 더 주목해야 할 것은 고려 왕자들이 몽골 황실의 케식이 되어 체류할 때에는 수행인원이 필요했다는 사실이다. 더욱이 애초에 몽골에서는 왕의 자제만이 아니라 양반가의 자제도 투르칵으로 요구했기 때문에 왕실 구성원이 아닌 고려 지배층의 자제들이 직접 케식에 들어가 활동하기도 했다.

몽골의 정치제도나 케식의 의미에 대해 잘 알지 못했던 고려-몽골 관계 초기에는 고려 왕실에서도 왕실 구성원들을 투르칵으로 보내는 것에 부정적이었지만, 그를 따라갈 수종인원을 구하는 것도 쉬운 일이 아니었다. 이에 초기에는 관직의 등급을 규정 이상으로 뛰어넘어 올려 주거나, 신분상 관직 진출 및 승진상에 제약이 있는 자들의 제약을 풀어 주는 등의 혜택을 제공하면서 수종인원을 구해야 하는 상황이었다.

충렬왕은 즉위 후 몽골에서 자신을 수종했던 신료들을 '수종공신'에 책봉했고 자신의 측근으로서 중용했다. 즉, 신료들의 입장에서 수년 간의 몽골 생활은 자신이 수종했던 종실이 국왕이 될 경우 어마어마한 정치적 보상으로 이어질 수 있는 것이었다. 이러한 양상은 이후에도 계속 이어졌고, 이에 케식 참여를 위해 몽골로 가는 종실을 수행하는 것은 일종의 미래를 위한 투자로서 인식되었다. 충선왕 대 세자 왕감(王鑑, ?~1310)과 둘째 왕자 왕도(王燾, 1294~1339)를 두고 이루어진 윤석(尹碩, ?~1348) 부자의 대화는 이러한 측면을 잘 보여 준다.

윤석은 충선왕 때에 별장(別將)이 되었는데, 원 사신이 오자 잔을 올리는 임무를 맡은 사람으로서 왕의 앞에 서 있었다. 원 사신이 황제의 명령을 전하며 두 왕자는 〈원에 들어가〉 입시(入侍)하라고 했다. **윤석이 이 말을 듣고 조용히 "나는 마땅히 〈왕자 중에서〉 동생을 따라가겠다"** 라고 생각했다. 귀가해서 자기 아버지에게 이를 알리자, **아버지가 말하기를, "너의 생각은 잘못되었다. 왕자를 따라가는 이유는 훗날을 위한 계책인데, 형이 있는 동안 동생이 나라를 차지할 수 있겠느냐?"** 라고 했다. 윤석이 말하기를, "저도 또한 그러한 것은 알고 있습니다. 그러나 제가 동생을 보면 존경하는 마음이 생기지만, 형을 보면 생기지 않습니다. 이것이 제가 그렇게 결정한 이유입니다"라고 하며 끝내 결심을 따랐는데, 형은 일찍 죽었고 **동생이 바로 충숙왕이다. 충숙왕이 즉위하자 호군 (護軍)에 임명되었으며, 왕의 폐행(嬖幸)이 되어 여러 차례 승진해 대언(代言)이 되었다.**

『고려사』 권124, 「열전」 권제37, '폐행' 2, 윤석

고려의 왕자를 수행한 자들의 경우 대부분 그 궁극적인 목적이 원 내에서의 정치 활동에 있지는 않았다. 자신이 수행한 왕자가 고려에서 왕위에 올랐을 때의 정치적 보상을 기대하고 활동하는 측면이 크기 때문이다. 그러나 이들이 원에서 세자 혹은 왕자를 수행하는 기간은 애초에 정해져 있는 것이 아니었으며, 그들이 수행하는 대상이 국왕위를 계승할 수 있을 것인지 역시 확정된 것은 아니었다. 이에 이러한 수종인원들 가운데에는 자신이 수행하는 왕자를 왕으로 세우기 위해 원 내에서 인맥을 쌓아 정치 활동을 하는 자들도 있었을 것이다. 그러한 사례로서 고려 국왕들 가운데 즉위 전 가장 오랜 기간 몽골에서 케식 생활을 했던 공민왕과 그 수종신료의 사례가 주목된다.

공민왕은 즉위 전 10년에 이르는 기간 동안 몽골에서 케식 생활을 했으며, 왕위에 오르는 과정에서도 우여곡절이 있었

다. 그가 케식 생활을 하던 중 형 충혜왕이 사망하면서 한 차례 왕위에 오를 기회가 있었으나 조카인 충목왕의 즉위로 무산되었고, 충목왕이 즉위 후 얼마 지나지 않아 사망했을 때에도 다시 한번 그를 국왕으로 추대하고자 하는 고려 신료들의 움직임이 있었으나 역시 조카인 충정왕이 즉위하게 되었다. 결국 이후 공민왕은 몽골 공주, 즉 노국대장공주와 통혼해 황실 부마가 되고, 황태자, 즉 기황후의 아들인 아유르시리다라의 케식으로 활동하며 황후 세력의 지지를 구하는 등, 국왕위에 오르기 위한 행보를 보인다. 그리고 1351년, 충정왕이 폐위되고 공민왕이 즉위했다.

다음은 공민왕이 즉위한 직후, 그 수종신료로서 1등 공신에 책봉되고 찬성사, 즉 재상의 지위에 오른 조일신(趙日新, ?~1352)과 공민왕의 대화를 재구성한 것이다.

> **조일신**: 전하께서 환국하실 때, 원 조정의 권신과 행신(幸臣)으로 우리와 혼인관계가 있는 자들이 그 친족에게 관직을 줄 것을 요청했으니, 이미 상(上)께도 부탁드렸고, 신에게도 부탁했습니다. 지금 전리사(典理司)와 군부사(軍簿司)로 하여금 전선(銓選)을 주관하게 하시니, 유사(有司)가 법문에 구애되어 막히고 지체되는 바가 많을까

두렵습니다. 청하건대 정방(政房)을 다시 두시어 안으로
부터 〈관직을〉 임명하도록 하십시오.

공민왕: 이미 옛 제도를 복구했는데, 얼마 되지 않아서
중간에 변경하면 반드시 다른 사람의 웃음거리가 될 것
이다. 경이 부탁받은 바를 나에게 보고하여, 내가 선사
(選司)에 이야기하면, 누가 감히 따르지 않겠는가.

조일신: 신의 말씀을 따르지 않으시니, 무슨 면목으로
원 조정의 사대부를 다시 보시겠습니까.

공민왕은 즉위 후 일련의 개혁을 단행하면서 그 일환으
로 최씨 정권기에 설치된 이후 계속 유지되었던 정방을 혁파
했다. 최씨 정권기에 정방을 설치한 것은 그간 이부(吏部)와 병
부(兵部)를 통해 일정한 절차를 거쳐 이루어지던 인사를 무신집
권자의 사저에 설치된 정방에서 처리함으로써 집권자의 의사
에 따른 인사 단행을 수월하게 하기 위해서였다. 이러한 인사
처리 방식은 물론 공적인 관료체계를 무시한 것이지만, 집권자
입장에서는 유용한 측면이 있었다. 이에 무신집권기가 종식된
후에도 계속 유지되고 있었는데, 공민왕이 즉위 후 이를 혁파
했던 것이다. 얼마 지나지 않아 복구했지만 말이다.

위 대화에서 조일신은 이러한 공민왕의 조처에 문제를

제기했는데, 정방의 필요성에 대한 조일신의 언급이 눈길을 끈다. 즉, 조일신은 본인뿐 아니라 공민왕도 원에서 권신 및 행신, 즉 권세 있는 신료 및 황제의 총애를 받는 신료들로부터 많은 인사 청탁을 받았음을 언급하고 있다. 전리사와 군부사, 즉 이부와 병부를 통해 인사가 공적인 과정을 거쳐 이루어지는 상황에서는 그러한 청탁을 처리하기 쉽지 않다는 것이다.

조일신이나 공민왕이 원에서 권신 및 행신으로부터 인사 청탁을 받은 것은 어떤 상황에서였을까? 이는 특별한 정치적 배경이 없었을 수도 있지만, 조일신이 너무나도 당당하게 이러한 이야기를 하고 있는 것이나, 충정왕 즉위 이후 공민왕이 스스로 국왕위에 오르기 위한 일련의 행보를 보였다는 점을 감안하면, 이는 공민왕도 개입된 일종의 정치적 로비와 관련되었을 가능성이 있다. 즉 당시 공민왕이 자신의 즉위를 위해 카안 혹은 황실에 자신의 입장을 대변해 줄 수 있을 정도의 권력이 있는 원의 관리, 혹은 카안이나 황실의 총애를 받는 신료들의 지원을 받고자 했고, 조일신 등 수종신료들도 이에 동참했을 수 있다는 것이다. 위 대화의 내용을 보건대, 지원에 대한 보상은 공민왕이 즉위한 후 고려에 있는 그들의 친척들에게 관직을 주는 것이었겠다.

공민왕과 조일신의 사례는 케식 생활을 하는 고려의 왕

자나 종실 구성원을 수행한 신료들이 단지 그 왕자나 종실 구성원의 옆 혹은 그의 공간 안에서 수행만 하는 것이 아니라, 그를 위해 몽골 조정의 여러 인사들을 접촉하며 여러 정치적 활동을 행했음을 보여 준다.

더불어 여기에서 짚고 넘어가야 할 것은 그들이 고려에서의 관직을 가지고 지원을 구한 권신이나 행신이 많았다는 사실이다. 고려의 관직이 의미를 갖는 원의 관료는 어떤 사람들이었을까? 그들 자신의 국적은 알 수 없지만, 고려에 친인척 등 연고가 있는 자들이었을 것이다. 즉, 당시 원의 정계에는 고려 왕자나 종실 구성원을 따라온 고려인들이 다수 활동하고 있었으며, 그와 별개로 고려에 연고를 가진 자들도 다수 활동하고 있었음을 알 수 있다.

케식이 된 고려 왕자나 종실을 수종한 신료들 가운데 일부는 그들 스스로가 케식에 참여하기도 했다. 이는 애초에 몽골 측에서 고려 국왕의 자제에 더해 양반가 자제의 케식 참여를 요구했던 데에 따른 것이기도 하다. 그리고 이러한 케식 참여는 해당 신료 당대에 끝나지 않고 그 자제를 통해 대를 이어 계승되었다.

예컨대, 충렬왕 5년(1279)에 대방공(帶方公) 왕징(王澂, ?~1292)을 수행해 투르칵으로서 몽골에 갔던 박원굉(朴元浤)의 아들 박거실(朴居實)의 부인인 평원군부인 원씨(平原郡夫人 元氏, 1288~1334)의 묘지명에는 그 남편인 박거실이 아버지의 지위를 계승해 천자의 궁정에서 케식 생활을 했음이 기록되어 있다. 박거실의 케식 지위는 그 아들인 박독만(朴禿滿)이 다시 계승했다.

고려 측 사료에서 간간이 보이는 고려인들의 원 황실 케식 참여 사례는 대체로 그들이 고려에 돌아와서 관직생활을 하거나 혹은 고려의 정치적 사안에 연관되는 경우이다. 그런데 원 황실 케식에 참여하고 그 자손이 세대를 거듭해 케식에 참여한 고려인 사례들 가운데에서는 그들이 고려의 정치와는 직접 연계되지 않고 원 내에서 자리를 잡은 사례도 확인된다. 대표적인 사례가 한씨 일가의 사례이다.

『고려사』에도 간략하게 언급이 되어 있기는 하지만, 이 책의 뒷부분에서 보게 될, 역시 원에서 많은 시간을 보냈던 고려 후기의 대표적 학자인 이곡(李穀, 1298~1351)이 쓴 글들 가운데에는 한영(韓永, 1285~1336)이라는 인물의 행장이 실려 있다. 한영의 신도비문을 원의 문인인 소천작(蘇天爵, 1294~1352)이 작성했음도 주목된다.

이에 따르면 한영은 충렬왕 대에 찬성사로 관직을 마친 한강(韓康, ?~1303)의 손자이며 한사기(韓謝奇)의 아들이다. 한사기는 충렬왕 5년(1279) 몽골 측의 요구에 따라 대방공 왕징을 따라 투르칵으로 원에 갔다. 당시 한사기 외에도, 김방경(金方慶, 1212~1300)의 아들 김흔(金忻, 1251~1309), 원부(元傅, 1220~1287)의 아들 원정(元貞), 박항(朴恒, 1227~1281)의 아들 박원굉, 허공(許珙, 1233~1291)의 아들 허평(許評), 홍자번(洪子藩, 1237~1306)의 아들 홍순(洪順), 설공검(薛公儉, 1224~1302)의 아들 설지충(薛之冲), 이존비(李尊庇, 1233~1287)의 아들 이우(李瑀), 김주정(金周鼎, ?~1290)의 아들 김심(金深, 1262~1338) 등 고관의 자제 25명이 함께 투르칵으로 들어갔고, 이들에게는 모두 3등급을 뛰어넘는 관직을 주었다. 당시 한사기는 가족들과 함께 원에 갔고, 이에 한영은 어린 시절을 대도에서 보냈다고 한다.

한영은 아버지의 뒤를 이어 성종 테무르 대에 케식에 참여했고, 원 무종 지대(至大) 원년(1308) 자무고제점(資武庫提點)에 임명된 이후 무비시(武備寺)의 관원으로서 원 황실의 무기를 관리하다가 인종 연우(延祐) 7년(1320) 이후 대녕로(大寧路), 하서도(河西道), 섬서행성(陝西行省), 하남부로(河南府路) 등에서 관직생활을 했다. 그 맏아들인 한효선(韓孝先)은 몽골 이름이 테무르부카[帖木兒不花]인데, 아버지를 이어 케식에 참여했고, 이후 좌장고부사(左藏庫副使), 정동행성원외랑(征東行省員外郞), 자정원도사(資政院都事), 감찰어사(監察御史) 등의 관직을 역임했다. 몽골 이름이 관음노(觀音奴)인 둘째 아들 한중보(韓仲輔) 및 셋째 아들도 원에서 관직생활을 했다고 한다.

『고려사』 한강 열전에는 한영의 지위가 높아지자, 고려에서는 이미 사망한 그 아버지 한사기에게는 한림직학사 고양현후(翰林直學士 高陽縣侯)를 추증하고, 조부인 한강에게는 첨태상예의원사 고양현백(僉太常禮儀院事 高陽縣伯)을 추증했다고 한다. 한편, 한사기의 둘째 아들이자 한영의 동생인 한악(韓渥, 1274~1342)은 고려에서 관직생활을 했으며, 충숙왕 대 심왕 옹립운동 과정에서 충숙왕을 지지해 공신에 책봉되기도 했다. 한악의 아들들은 대대로 고려에서 관직생활을 했다.

충렬왕 5년(1279)에 한사기와 함께 투르칵으로서 원에 갔던 24명의 의관 자제들 및 그 후손들 역시 각자의 상황에 따라 차이는 있었겠지만 대체로 한씨 일가와 유사한 과정을 겪지 않았을까 싶다. 그 아들 가운데 케식을 계승한 아들이 있었을 것이고, 이들은 경우에 따라 고려로 들어와 관직을 받기도 했겠지만, 몽골 현지에서 관직생활을 하며 적응한 사례들도 적지 않았을 것이다. 한편, 케식의 승계는 한 명의 아들이 했으니, 아들이 여럿 있는 경우 다른 아들들은 한악의 사례와 같이 고려로 돌아오기도 했을 것이다. 물론 케식의 승계와 무관하게 원에 남아 있는 아들들도 있었을 것이고.

한편, 한영의 아들들이 몽골 이름을 갖고 있었던 것이나 그 아버지의 신도비와 행장을 각기 원의 문인인 소천작과 고려 문인인 이곡에게 요청한 것을 통해, 이들이 현지에 적응해 원의 관인, 문인들과 교류하는 한편으로, 그들의 출신인 고려에 대해서도 잊지 않고 고려로부터 원에 들어오는 학자나 관료들과의 교유도 이어 갔던 일면을 확인할 수 있다.

> 내가 서울에 있을 때 **어사(御史) 한중보가 말하기를**, "이 부 관원 중에 선생(필자 주: 안보)을 아는 자가 있어서 한림 국사원편수관(翰林國史院編修官)에 추천했으나, 성신(省臣) 이 아뢰지 않았다" 하였다.
>
> 이색, 『동문선(東文選)』 권128,
> 「계림부윤 시문경공 안선생 묘지명
> (鷄林府尹 諡文敬公 安先生 墓誌銘)」

위의 글은 이색(李穡, 1328~1396)이 지은 안보(安輔, 1302~1357) 묘지명의 일부이다. 안보는 원의 과거시험, 즉 제과에 합격한 몇 명 되지 않는 고려인 중 한 명이다. 그는 급제 후 요양행성의 관직을 제수받았으나, 얼마 지나지 않아 그만두고 귀국했다. 제과에 급제하고도 중앙의 관직에 나아가지 못한 데 대한 아쉬움이 있었던 듯하다. 이에 대해 이색 또한 아쉬움을 표하고 있는데, 위에서 보듯 한강의 둘째 아들인 한중보 역시 그를 중앙의 관직에 추천했으나 성사되지 못한 것에 대해 아쉬워하고 있다.

몽골에 정착해 현지화한 고려인들이, 여러 가지 이유로 새롭게 몽골을 찾은 고려인들과 교유하며 그들이 낯선 곳에 적응하고 정착하는 데에 도움을 주기도 했음을 보여 주는 일화이다.

몽골에 장기 체류하는 국왕을 보좌하면서

왕위에 오르기 전 몽골에서 케식 생활을 했던 고려의 국왕들은 왕위에 오르고 난 후에도 이러저러한 사유로 몽골에 체류하는 경우가 많았다.

먼저 단기간의 체류는 일상적이었는데, 주로 국왕이 몽골 조정에 직접 가서 카안을 만나는 친조(親朝)에 수반한 체류가 이러한 사례이다. 친조를 계기로 한 국왕의 몽골 체류는 상황에 따라 장기간의 체류로 이어지기도 했지만, 일반적으로는 수일 혹은 한두 달에 그쳤다. 그런데 몽골 복속기에는 고려 국왕이 원에 장기간 체류하는 경우가 있었다. 대표적인 사례가 충선왕과 충숙왕의 사례이다.

충선왕은 1298년(원 성종 대덕 2) 한 차례 왕위에 올랐다가 폐위 파동을 겪고 1308년(원 무종 지대 1) 충렬왕이 사망한 후에 다시 왕위에 올랐다. 복위 후 충선왕은 2개월 만인 같은 해 11월에 원으로 가는데, 이후 계속 원에 머물고 고려에 돌아오지 않았다. 당연하게도 고려 신료들의 귀국 요청이 잇따랐고, 원 조정에서도 충선왕에게 귀국을 명하자, 충선왕은 1313년(원 인종 황경 2), 왕위를 아들인 충숙왕에게 물려주었다.

이 기간 고려의 중요한 결정 사항들은 원에 있는 충선왕과 그 측근 신료들이 결정하고 이를 사신을 통해 고려에 전달하는 방식으로 이루어졌다. 공식적인 용어는 아니지만 이러한 방식의 정치를 왕의 말씀[旨]을 전하여 하는 정치라는 의미의 '전지(傳旨) 정치', 혹은 멀리서 다스리는 통치라는 의미의 '요령(遙領) 통치'라고 일컫기도 한다. 이는 고려에는 낯선 방식이었지만, 자신의 영지를 막북과 화북, 강남에 각기 갖고 있었던 몽골의 종왕들이 막북에 머무르면서도 사신을 파견해서 화북 및 강남 등 멀리 떨어져 있는 곳을 통치 및 관리했던 방식과 유사하다.

충선왕은 아들 충숙왕에게 왕위를 물려주고도 계속해서 이러한 방식으로 고려의 정치에 관여했기 때문에, 충숙왕은 아버지 충선왕이 원에서 실각하고 토번(吐蕃)으로 유배 가게 되는 1320년[원 영종(英宗) 즉위년]에 이르러서야 정치의 전면에 나설

수 있게 되었다.

친정을 단행하기 위한 준비 작업으로, 충숙왕은 그간 충선왕의 측근에 있으면서 정치를 좌우했던 신료들을 숙청하기 시작했다. 이에 반발한 충선왕의 측근 신료들이 주축이 되어 충숙왕을 고려 왕위에서 몰아내고 다른 인물을 고려 국왕으로 세우고자 하는 움직임이 시작되었다. 그 '다른 인물'이란 심왕 왕고(王暠, ?~1345)이니, 이 움직임을 '심왕 옹립 운동'이라고도 한다.

'심왕'이란 원의 제왕위(諸王位) 중 하나로, 복위하기 전 몽골에서 숙위 중이던 충선왕이 원 무종이 즉위하는 과정에서 세운 공을 인정받아 제수받은 심양왕위로부터 비롯된 것이다. 이후 심양왕의 왕호는 심왕으로 승격되었는데, 충선왕은 고려 국왕위를 충숙왕에게 물려주고 난 후 충숙왕 3년(1316)에 심왕 위를 조카인 왕고에게 물려주었다. 왕고는 충렬왕이 세조 쿠빌라이의 딸인 쿠틀룩케르미쉬 공주와 결혼하기 전에 이미 부인으로 맞았던 정화궁주(貞和宮主) 소생인 강양공(江陽公) 왕자(王滋, ?~1308)의 아들이다.

심왕을 지지한 자들, 정확히는 충숙왕을 왕위에서 끌어내리고자 한 이들은 충숙왕의 몇 가지 잘못을 원 조정에 고했고, 이 문제에 대한 해명을 위해 충숙왕은 원으로 소환되었다.

결국 심왕은 고려 국왕위에 오르지 못하지만, 이로 인해 소환되었던 충숙왕은 이후 5년이라는 기간 동안 원에 억류당하게 된다.

이렇게 고려 국왕이 원에 장기간 체류한 경우, 고려의 신료들도 그를 수행하여 함께 원에 체류했다. 이러한 자들 가운데 그 활동상이 두드러지는 사례는 충선왕의 재원 생활에 수행했던 이제현(李齊賢, 1287~1367)의 사례이다.

> 충선왕이 원 인종을 도와 내란을 평정하고 무종을 맞아들여 황제로 세웠기에, 무종과 인종 두 조정에 걸쳐서 비할 데 없는 은총과 예우를 받았다. 그리하여 충선왕이 마침내 원에 청하여 충숙왕에게 왕위를 물려주고 자신은 태위로 경사의 저택에 머물면서 만권당을 짓고 학문 연구로 낙을 삼았다. 그러고는 말하기를 '경사에서 문학을 하는 인사들은 모두가 천하에서 뽑혀 온 이름난 선비들인데, 우리 부중(府中)에 그만한 인물이 없다니, 이것은 우리의 수치이다'라 하고는 공(필자 주: 이제현)을 경사로 불러들이니, 이때가 바로 연우 갑인년(1314) 정월이었다. 당시 원의 요목암(姚牧菴: 요수), 염자정(閻子靜: 염복), 원복초(元復初: 원명선), 조자앙(趙子昻: 조맹부) 등이 모두 왕의 문

에 나와서 노닐었는데, 공이 그 사이에서 주선하면서 날
이 갈수록 학문이 진보했으므로 여러 공이 칭찬하고 탄
복해 마지않았다.

이색, 『목은문고(牧隱文藁)』 권16, 「이제현 묘지명」

위 인용문은 이색이 쓴 「이제현 묘지명」의 일부로, 당
시 이제현이 원으로 가게 된 배경 및 원에서 어떤 생활을 했는
지를 보여 준다. '연우'는 곧 원 인종 아유르바르와다의 연호
로, '연우 갑인년'은 1314년에 해당한다. 바로 전년인 1313년
에 충숙왕에게 고려 국왕위를 물려준 충선왕은 곧 만권당을 지
어 원의 문인들을 드나들게 하던 중, 고려로부터도 그들과 학
문을 논할 만한 인사로 이제현을 불러들였다는 것이다. 그리
고 거기에서 이제현은 요수, 염복(閻復, 1236~1312), 원명선(元明善,
1269~1332), 조맹부(趙孟頫, 1254~1322) 등 원의 이름난 문인들과 교
유할 수 있었다. 요수는 이제현이 원으로 가기 전년인 1313년
에 사망했으므로 직접 교유하지는 못했을 것이다. 이들과의 교
유를 통해, 이제현은 당시 원에서 유행하던 성리학을 깊이 이
해할 수 있었고, 고려에 성리학이 도입되어 학풍을 형성하는
데에 중요한 역할을 하게 된다.

또한 이제현은 충숙왕 6년(1319, 원 인종 연우 6)에 충선왕

이 강향(降香)을 위해 강절 지역의 보타사(寶陀寺)로 갈 때, 충선왕의 측근 신료인 권한공(權漢功, ?~1349)과 함께 왕을 수행하기도 했다. 당시 충선왕 일행은 강절 지역에서 많은 원의 문인 관료들을 만나 교유했던 것으로 보인다. 이제현이 그들과 주고받은 글들이 다수 전하는데, 그 가운데 주덕윤(朱德潤, 1294~1365)이 남긴 전별시가 주목된다. 주덕윤은 이제현과 권한공 둘 모두에 대한 전별시 1수, 그리고 권한공에 대한 전별시를 별도로 1수 남기고 있는데, 같은 해 충선왕이 그를 인종에게 추천하여 한림응봉문자(翰林應奉文字)에 임명하게 했던 것은 아마도 이때의 인연에서 비롯된 것이 아니었나 한다. 그러나 곧이어 인종이 사망해 발탁이 되지는 못했고, 충선왕 또한 실각해 강절행성에 있는 사찰로 가게 되니, 주덕윤은 왕을 수행했다가 정동행성 유학제거(征東行省 儒學提擧)에 임명되었다.

한편, 주덕윤의 전별시에 두 차례나 등장한 권한공은 충선왕이 원에 머무는 동안 그의 '전지 정치'를 보좌하며 고려 정치에 영향력을 행사했던 측근 신료 가운데 대표적 인물이다. 권한공을 비롯해 최성지(崔誠之, 1265~1330), 박경량(朴景亮, ?~1320) 등은 충선왕을 따라가 원에 있으면서 장기간 인사권을 장악해 고려 신료들의 불만을 사고 탄핵을 받았지만, 충선왕의 신임으로 오히려 그들을 탄핵한 자들이 유배당했다. 충선왕이 실각한 후에는 심왕 옹립 운동에 가담했기 때문에 『고려사』에서는 간신 열전에 이름을 올렸으나, 주덕윤과의 사례는 권한공 역시 충선왕을 시종하며 원의 문인들과 교유하고 있었음을 보여 준다. 이러한 점은 다른 측근 신료들도 유사했을 것이다.

충선왕의 아들인 충숙왕 역시 충선왕과는 달리 타의에 의해서이기는 하지만 수년에 걸쳐 원에 체류했는데, 당시에도 다수의 고려 관인들이 충숙왕을 보좌하며 몽골에서 생활했다. 충숙왕이 원에서 지내는 동안 그를 따랐던 고려의 신료들 가운데 눈에 띄는 사례는 최내경(崔耐卿)의 사례이다.

최내경은 어떤 경로로 몽골에 들어가게 되었는지는 알 수 없지만, 충숙왕이 원에 억류되어 있다가 충숙왕 12년(1325, 원 태정제 태정 2) 고려로 돌아오는 길에 왕을 수종해 고려에 파견되었는데, 당시 원의 병부원외랑(兵部員外郎) 관직을 맡고 있었다. 그는 애초 군사 활동을 통해 관직에 오르게 되었고, 인종대에는 내사부(內史府) 관원으로서 경성의 징세 관련 업무를 담당했으며 이후 태정제 이순테무르[Yesün Temür, 也孫鐵木兒, 재위 1323~1328]의 총애를 받아 1324년경 병부원외랑이 되고 이어서 낭중(郎中)이 되었다.

당시 충숙왕이 원에 억류되어 있는 상황에서 그를 위해 적극적으로 변호해 귀국을 도왔으며, 충숙왕이 귀국할 시에 고려에 있는 부모님 뵙기를 겸하여 따라왔다고 한다. 그가 귀국하는 길에 전별하며 지은 원 문인들의 시가 다수 전한다. 원각(袁桷, 1266~1327), 오징(吳澄, 1249~1333), 공규(貢奎, 1269~1329), 우집(虞集, 1272~1348), 호조(胡助) 등이 그를 위해 시를 지었는데, 모두 강절행성 출신임이 주목된다. 호조는 앞서 소개된 한영의 신도비를 소천작이 짓는 과정에서 한영의 아들들과 소천작을 연결시켜 준 인물이기도 하다.

충숙왕의 재원 생활과는 관련이 없지만, 최내경과 같이 기록상 확인되지 않는 경로로 원에 들어가서 정착한 고려인들의 사례는 더 확인된다. 많은 일반인들의 삶이 그러하듯, 고려와 관련된 정치적 사건에 관련이 되지 않아 그 이름들을 고려 측 사료를 통해 확인하기는 어려우나, 원에서 정착하여 중앙과 지방의 여러 관직들을 거치며 현지인들과 교유하고, 그들의 글을 통해 이름을 전하는 자들이다.

2. 내가 원한 건 아니었지만

1) 몽골에 간 고려 여성들

전쟁 중에 끌려가서

공의 휘는 부쿠무[不忽木]이며, 조부인 해람백(海藍伯)까지 대대로 캉글리부의 대인(大人)이었다. 해람백은 옹 칸[Ong Qan, 王可汗]을 섬겼는데, 옹 칸이 제거되자 휘하를 거느리고 도망가 숨었다. 태조 황제가 그 전부를 사로잡아 돌아가서, 열째 아들인 10살의 엘친[燕眞]을 장성태후(莊聖太后)에게 나누어 주었다. 오직 공경하고 근면하며

세조 황제를 섬겨 곁을 떠나지 않았으며, **고려의 미인인
김장희(金長姬)를 배필로 삼아** 아들 5명을 낳으니, 그 둘
째가 공이다."

조맹부, 『송설재집(松雪齋集)』,
「고소문관대학사 영록대부 평장군국사
행어사중승 령시의사사
증순성좌리공신태부개부의동삼사상주국
추봉노국공 시문정강리공비
(故昭文館大學士 榮祿大夫 平章軍國事
行御史中丞 領侍儀司事
贈純誠佐理功臣太傅開府儀同三司上柱國
追封魯國公 謐文貞康里公碑)」

　　　위 기록은 조맹부가 찬한 원 소문관대학사 부쿠무(1255~
1300) 신도비의 일부로, 그의 가족관계를 이야기하는 초반부의
기록 가운데 그 어머니인 '고려 미인' 김장희의 이야기가 실려
있다. 김장희라는 여성이 어떤 경로를 통해 몽골로 가게 되었
는지는 기록상 드러나지 않지만, 그의 둘째 아들인 부쿠무가
1255년생임을 감안하면, 최소한 1253년 이전에 김장희는 몽골
에 들어갔을 것임을 추정할 수 있다. 이 시기는 아직 고려와 몽

골이 전쟁 중이었던 때로, 정식으로 고려에서 공녀를 차출해 몽골에 보내던 때는 아니었다. 이에 그 경로를 정확히 알 수는 없지만, 김장희는 전쟁 과정에서 몽골로 가게 된 고려 여성이었던 것으로 보인다.

김장희는 세조 쿠빌라이를 모셨던 엘친이라는 인물과 결혼하여 부쿠무를 비롯한 5명의 아들을 출산했다고 한다. 김장희의 남편 엘친은 캉글리부 대인 집안 출신이었다. 그러나 그의 아버지이자 부쿠무의 조부인 해람백이 섬기던 옹 칸이 칭기즈칸과의 전투에서 패배함으로써 포로가 되었고, 이후 엘친은 10살의 나이로 장성황후, 즉 소르칵타니 베키 카툰에게 보내졌다고 한다. 소르칵타니 베키는 곧 세조 쿠빌라이의 어머니이니, 엘친은 이를 계기로 쿠빌라이의 급사로 활동하며 성장했던 것으로 보인다. 그리고 아직 쿠빌라이가 카안위에 오르기전, 황실 구성원의 케식으로서 고려 여성인 김장희를 부인으로 맞이했다.

전쟁의 와중에 몽골로 '끌려갔던' 고려 여성 김장희는 당시 카안이었던 헌종 몽케의 동생 쿠빌라이의 급사로 성장해 그 측근에서 활동하던 엘친과 결혼을 했던 것인데, 이는 그가 고려에서도 미천한 신분은 아니었을 가능성을 엿보게 한다. 뒤에 만든 것일 수도 있으나 성씨와 이름을 가지고 있었다는 점

또한 이러한 추정을 뒷받침한다. 한편, 김장희의 사례는 전쟁의 과정에서 몽골로 가게 된 고려의 여성들이 각 황실 구성원의 부중에 나누어져 그들의 애초 신분에 따라 단순 급사가 되거나 혹은 몽골 관료들의 처첩이 되거나 했던 상황을 보여 주는 사례이기도 하다.

어찌되었든 김장희는 이후 비교적 안정적인 결혼생활을 했던 것으로 보인다. 그의 둘째 아들 부쿠무는 상당한 효자였다고 하는데, 그의 부인, 즉 김장희의 며느리 역시 가난한 형편에도 옷감을 짜서 김장희를 봉양했다고 한다.

아들 부쿠무는 어릴 때부터 학문에 재능이 있어 국자좨주(國子祭酒) 허형(許衡, 1209~1281)의 칭찬을 받았으며, 세조 쿠빌라이 대에 한림학사승지(翰林學士承旨), 중서평장정사(中書平章政事) 등의 직책을 맡았다. 부쿠무의 아들, 즉 김장희의 손자 가운데에서도 회회(回回)와 노노(嫋嫋) 등이 『원사』 열전에 이름을 올릴 정도로 활발한 활동을 했다. 특히 회회는 고려 출신 여성과의 사이에 아들을 두기도 했고, 고려 충숙왕 10년(1323)에 입성논의가 제기되어 고려 조정이 어려움을 겪던 상황에서 해당 입성 논의가 부당하게 제기되었으며 실효성이 없음을 적극적으로 논하며 이에 반대하기도 했다.

물론 고향을 떠나 멀리 떨어진 땅에서 일생을 살아야 했던 김장희의 삶이 평탄했다고 할 수는 없겠지만, 그래도 이 정도면 전쟁통을 거친 고려 여성으로서 나름 성공적인 삶을 살았다고 할 수 있지 않을까? 김장희와 같은 사례가 전쟁을 겪으며 몽골에 정착하게 된 고려 여성들의 삶을 보여 주는 일반적인 사례는 아니었을 수 있지만, 유일한 사례도 아니었을 수 있지 않을까? 혹은 김장희 정도까지는 아니어도 가정을 꾸려 나름의 안락한 삶을 살았던 이름 없는 여성들도 많지 않았을까? 그들의 삶이 너무 힘들지만은 않았기를 바라 본다.

고려의 여성들, 공녀로 몽골에 보내지다

공주·대왕 등 군주(郡主)들은 왕손 등 남자아이 1,000명을 황제께 진상해야 할 것이다. 그 밖에 대관인들의 여자아이들도 역시 보내야 한다. 너희 태자·장령(將領)·군(君)들의 아들[令子], 아울러 대관인의 남자아이 1,000명을 요구한다. 여자아이 역시 1,000명을 황제께 인질로 진상해야 할 것이다. 네가 이 일을 합당하게 빨리 처리하고 네가 이후에 〈이 일을〉 일찍 끝내면 너의 백성과 강토가 평온하고 화평할 것이다.

『고려사』 권23, 고종 18년 12월 갑술

위의 어마어마한 요구 사항은 고종 18년(1231), 몽골이 고려를 침공했을 당시 몽골군을 이끌었던 장수 살리타가 보내온 문서에 담긴 요구 사항이었다. '공녀'라 할 수 있는 여자아이들 이외에 남자아이들까지 요구하고 있음이 주목되는데, 이 요구에 대해 고려 측에서는 이듬해 몽골에 신하를 칭하고 예물을 보내면서 그 정도의 동남·동녀를 보낼 여력이 없음을 이야기하며 거절했다.

고려 측에서 몽골에 처음 공녀를 보낸 것은 그로부터 한참 시간이 흐른, 충렬왕 원년(1275, 원 세조 지원 12)에 이르러서였다. 충렬왕 원년 10월 15일, 고려에서는 원에 처녀들을 바치기 위해 국내의 혼인을 금지하는 명령이 내려졌다. 그리고 약 한 달여가 지난 같은 해 11월 17일, 고려에서는 이듬해의 신년을 하례하기 위한 사신을 원으로 보내면서 처녀 10명을 바쳤는데, 이것이 고려의 공녀가 몽골로 간 첫 시작이었다.

그런데 충렬왕 원년 11월에 고려의 처녀 10명을 데리고 간 고려의 사신은 신년 하례와 공녀를 원에 바치는 것 외에 또 하나의 임무를 맡고 있었다. 즉, 개편한 관제에 대해 보고하는 일이었다. 이 관제 개편은 사신이 떠나기 20일 정도 전인 10월 25일에 이루어진 것이다. 충렬왕이 즉위 직후 갑자기 몽골에 처녀를 보내고 관제를 개편한 것은 몽골에서 보낸 다음과 같은 조서 때문이었다.

> 그대 나라의 **여러 왕씨(王氏)들은 같은 성씨끼리 결혼을 하니 이것은 무슨 이치**인가? 이미 우리와 한집안[一家]이 되었으니 마땅히 우리와 통혼해야 할 것이다. 그렇지 않으면 어찌 한집안이라는 의리라고 하겠는가? 또 **우리 태조 황제가 13국을 정벌하자 그 왕들이 다투어서 미녀와 좋은 말, 진귀한 보물들을 바친 것**은 그대도 들은 바이다. 왕이 아직 왕이 되지 않았을 때는 태자라고 칭하지 않고 세자라고 칭하고, 국왕의 명령은 예전에는 성지(聖旨)라고 하였으나 이제는 선지(宣旨)라고 할 것이다. **관명이 우리 조정과 같은 것도 또한 이런 것이다.** 또한 들건 대 왕과 공주가 하루에 쌀 2승을 먹는다고 하는데, 이는 재상들이 많아서 그들 마음대로 했기 때문이다. 무릇 이 모든 것은 그대에게 알려 주기 위한 것이요, **구태여 그대에게 자녀를 바치고, 관직 명칭을 고치고, 재상의 수를 줄이라는 것은 아니다.** 흑적(黑的)이 와서 말한 그대 나라의 일이 한두 가지가 아니지만 모두 들어주지 않았으니, 그대는 그런 줄 알라.

> 『고려사』 권28, 충렬왕 원년 10월 경술

위의 조서는 충렬왕 원년 10월 13일, 즉 충렬왕이 국내 혼인을 금지하는 명령을 내리기 2일 전, 관제를 개편하기 12일 전에 고려에 전해진 몽골 카안의 조서이다.

이는 당시 고려에 와 있던 다루가치 흑적이 원으로 돌아가 보고한 내용에 따라 고려-몽골 관계에서 문제가 될 수 있는 내용을 지적한 것으로, 가장 첫 번째로, 그리고 가장 강력하게 문제를 제기하고 있는 것은 고려 왕실의 동성혼 풍습에 대한 것이었다. 지배 가문 간의 통혼에 중요한 정치적 의미를 부여하는 몽골의 입장에서는 자신들과 통혼한 고려 왕실의 동성혼은 '일가(一家)'의 '의(義)'를 거스르는 것으로 인식되었던 듯하다.

그런데 여기에서 몽골은 이 문제뿐 아니라 그 외 몽골의 입장에서 부적절하다고 판단되거나 관계의 관행을 따르지 않고 있다고 판단되는 고려의 조처에 대해서도 '반드시 고치라는 것은 아니다'라는 단서를 달면서도 굳이 언급하여 불편한 심기를 드러냈다. 예컨대, 미녀와 좋은 말과 진귀한 보물 등을 바치는 일, 자신들의 것과 동격인 관명이나 관제를 개편하는 일, 왕실 재정을 고려해 재상 수를 줄이는 일 등이 그러한 사례들이다.

이에 충렬왕은 당장에 어떠한 대응을 하기가 쉽지 않은 동성혼 문제라거나 재상 수를 줄이는 일 등은 일단 두고, 당장에 처리가 가능한 공녀를 바치는 일과 관제 개편 등을 급히 진행해서 몽골의 문제 제기에 대응했던 것이다. 이렇게 시작된 고려 공녀들의 몽골행은 고려-몽골 관계가 한 차례 재편을 맞이하는 공민왕 대 초반까지 계속되었고, 그 횟수는 사료에 기록된 것만으로도 40여 회에 이른다.

결혼 적령기의 여성, 그것도 양가의 여성을 공녀로 차출하는 것은 쉬운 일은 아니었다. 이에 위에 보듯 충렬왕은 최초 공녀를 모으는 과정에서 국내에 결혼을 금지하는 조처를 취하기도 했는데, 이후에도 결혼 적령기 여성은 반드시 관에 보고를 한 후에 혼인을 하도록 했다.

한편, 원 조정에서 요구하는 '양가의 여성' 외에, 원이 남송을 정복한 후 귀부군의 처를 맞아 주기 위해 많은 여성이 필요하게 되자, 고려에서는 과부처녀추고별감(寡婦處女推考別監), 즉 과부와 처녀를 찾아내기 위한 임시 관원을 각 도에 나누어 보내 귀부군의 처로 삼을 여성을 찾기도 했다. 이 관원의 명칭은 이후 귀부군행빙별감(歸附軍行聘別監)으로 개정되었다.

사서에는 이러한 공녀 공출 과정에서 발생하는 폭력이나 그로 인한 민간의 동요와 관련한 기록들이 다수 보인다.

〈충렬왕 13년(1287) 9월〉 제국대장공주가 장차 입조할 예정이었으므로, 인후(印侯)와 염승익(廉承益, ?~1302)에게 명해 양가의 자녀로서 나이가 14~15세인 자들을 선발하게 했고, 순군과 코르치 등으로 하여금 인가를 수색하게 했다. **혹 밤중에 침실에 돌입하거나 혹 노비를 포박하여 심문하기도 했으니, 비록 자녀가 없는 자라 할지라도 또한 깜짝 놀라 동요하게 되었다. 원망하며 우는 소리가 온 거리에 가득했다.**

『고려사절요』 권21, 충렬왕 13년 9월

풍문으로 들으니, 고려 사람들은 딸을 낳으면 바로 숨기고 오직 드러날까 걱정하며, 비록 이웃이라도 볼 수 없게 한다고 합니다. 매번 중국에서 사신이 오면, 문득 실색하여 서로 돌아보면서 말하기를, '무얼 하러 왔을까? 동녀를 데려가는 것이 아닌가? 처첩을 데려가는 것이 아닌가?'라고 합니다. **이윽고 군리(軍吏)들이 사방으로 나가 집집마다 수색하는데, 만약 혹시라도 〈딸을〉 숨기기라도 하면 그 이웃을 잡아 가두고 그 친족을 구속해서는 채찍으로 때리고 괴롭혀서 〈딸들이〉 나타난 뒤에야 그만둡니다. 사신이 한번 오게 되면 나라가 온통 소란스러워져서 비록 개나 닭이라도 편안하지 못합니다.** 동녀들을 모아 놓고 그중에서 〈데려갈 사람을〉 뽑을 때가 되면, 얼굴이 예쁘기도 하고 못생기기도 하여 같지 않은데, 사신에게 뇌물을 주어서 그 욕심을 채워 주면 비록 예쁘더라도 놓아줍니다. 놓아주고는 다른 데서 〈동녀를〉 찾게 되므로, **1명의 동녀를 취하는 데에도 수백 집을 뒤집니다.**

『고려사』 권109, 「열전」 권제22, '제신', 이곡

두 번째 인용문은 충숙왕 대, 원 제과에 급제한 후 원에 머물던 이곡이 원 어사대에 올린 상소문의 일부이다. 그 내용은 고려에서 동녀를 데려가는 일을 그만두어 줄 것을 요청하는 것으로, 목적을 가진 상소문이기에 그 상황 묘사에 대한 얼마간의 과장이 있었을 수도 있다. 그럼에도 이러한 글들은 원에 보낼 동녀를 구하는 과정에서 발생하는 동요와 그에 대한 민간의 반발이 고려-몽골 관계 후반부에까지 이어지고 있는 상황을 잘 보여 준다.

고려 '양가(良家)의 딸', 몽골에서는?

앞에서 본 "지정 이래 궁중의 급사와 사령은 태반이 고려의 여인이었다"라는 『경신외사』의 구절이나, "북인들은 여사는 반드시 고려 여자아이를, 가동은 반드시 피부가 검은 하

인을 얻으니"라는 『초목자』의 구절 등에서 고려에서 몽골로 간 공녀들의 다수가 궁 안팎에서 급사 등의 일을 했을 것임을 추측할 수 있다.

　　기황후가 황제의 차 시중을 드는 궁인으로 생활하다가 황제의 눈에 들어 황자를 출산한 사례처럼, 고려 출신 공녀들은 원 지배층의 집안에서 급사로 생활을 하다가 그 가주의 처첩이 될 가능성도 없지 않았을 것이다. 그러나 이러한 가능성의 결과가 아니라, 애초에 몽골 지배층의 처첩으로 삼기 위해 공녀가 요구되기도 했다.

　　실제 공녀가 차출되지는 않았으나, 몽골에서 전쟁 중에 최초로 공녀를 요구했을 때 단순히 '동녀'가 아니라 고려 지배층의 자녀를 요구하고 있었던 사례나, 충렬왕이 즉위 후 처음으로 보낸 10명의 고려 여성 가운데 2명을 제외한 여성들이 이듬해 모두 귀국 조치되었던 사례 등을 볼 때, 몽골에서 고려의 공녀는 단순히 허드렛일을 위한 급사 수요를 충당하기 위한 것에 한정되지 않았던 것으로 보인다. 물론 급사라 하더라도 궁에서 혹은 지배층의 집에서 급사 생활을 하기 위해 충족해야 할 요건이 있기는 했겠지만 말이다. 이에 몽골에서 동녀를 요구할 때 특별히 '양가의 딸'을 요구하기도 했고, 공녀 차출을 위해 고려 조정에서 취한 국내 결혼 제한 조처도 양가의 딸들에 해당되는 것이었다.

> 지금 고려의 부녀 중에서는 〈상국의〉 후비(后妃)의 반열
> 에 올라 있는 자도 있고 왕이나 제후와 같은 귀인(貴人)
> 의 배필이 된 자도 있어서 공경(公卿)과 대신(大臣)들 중에
> 는 고려의 외손(外孫)이 많습니다. 이는 **본국의 왕족 및**
> **문벌과 부호들의 집안에서 특별히 황제의 조서를 받았**
> **거나 혹은 자원해서 스스로 왔거나, 또는 중매로 혼인한**
> **경우도 있는데**, 〈이러한 일들은〉 진실로 항상 있는 일이
> 아닌데도 이익을 노리는 자들이 끌어다가 상례인 양 꾸
> 미고 있습니다. 요즘 **고려에 사신으로 가는 자들은 모두**
> **아내와 첩을 구하려고 하는데** 비단 동녀만 데려가는 것
> 에서 그치지 않습니다.

이는 앞에서도 언급한 이곡의 상소문 가운데 또 다른 부
분이다. 이를 통해 보면, 당시 고려의 여성들이 몽골로 가게 되
는 형태는 단지 공녀의 형태만은 아니었음을 알 수 있다. 즉,
고려의 지배층 가운데에서도 특별히 원 황실 측의 요구를 받은
경우, 자원해서, 혹은 중매를 통해 혼인해서 몽골로 간 사례도
있으며, 고려에 사신으로 온 자들이 그 처첩을 구해 가는 경우

도 있었다. 이곡은 물론 이러한 사례들이 '항상 있는 일이 아니다'라고 했고, 그 말은 사실이겠지만, 동시에 이곡이 동녀 차출을 금지해 줄 것을 요청하는 상소문에서조차 언급해야 할 정도로 이러한 사례들이 적지 않았으며 또한 알려진 사례들이었다는 것도 부정할 수 없는 일이다. 한편, 단순히 급사 등으로 생활한 고려 여성들의 경우 개별 사례를 기록을 통해 확인하기는 어려운 것에 비해 어떤 경로를 통해서건 원의 지배층과 통혼한 고려 여성들이 몽골에서 어떤 삶을 영위했는지, 그 일단을 보여 주는 사례들은 기록을 통해 확인된다.

이곡의 글에서 보이듯, 딱히 공녀의 형식이 아닌 양국 지배층 간의 통혼 사례들이 적지 않게 확인되는데, 관련해서 염제신(廉悌臣, 1304~1382)이라는 인물이 주목된다. 염제신은 충렬왕 대에 재상위에 올랐던 염승익의 손자로, 충숙왕 대 이후 고려에서 활동하기 시작해 재상의 지위까지 올랐으며, 공민왕 말년에 그 딸을 공민왕 비로 들였고, 우왕 대까지 활동했다. 공민왕 대와 우왕 대에는 공신에 책봉되기도 했다.

> 염제신의 자는 개숙(愷叔)이고, 어렸을 때의 자는 불노(佛奴)였으며, 중찬 염승익의 손자이다. **어려서 고아가 되어 고모부인 원의 평장(平章) 말길(末吉)의 집에서 자랐다.**

〈원〉 태정제가 진저(晉邸)에서 대통을 계승했는데, 말길이 염제신을 데리고 어가를 화림(和林)에서 맞이했다. 황제가 한번 보고 기특하게 여겨 금중을 숙위하게 했다. 적신(賊臣)인 어사대부 첩실(帖失, 테쿠시)이 죽임을 당하자 그의 누이동생을 하사했는데, 염제신이 말하기를, "신이 비록 아는 게 없지만 역적의 무리와 가까이하기를 바라지 않습니다"라고 했더니, 황제가 그를 더욱 중하게 여겼다.

『고려사』 권111, 「열전」 권제24, '제신', 염제신

염제신 초상(전공민왕필염제신상, 국립중앙박물관)
염제신은 고려 충렬왕 대의 재상 염승익의 손자이다.
고모부인 몽골 평장 말길의 집에서 어린 시절을 보냈다.

염제신의 이력에서 눈길을 끄는 것은 그가 어릴 때 부모를 여의고 고모부의 집에서 자랐다는 사실, 그리고 그 고모부가 원의 평장 말길이라는 사실이다. 앞서 이야기했듯 그는 염승익의 손자인데, 그 아버지는 염승익의 아들 염세충(廉世忠)이며 어머니는 조인규(趙仁規, 1237~1308)의 딸이었다. 조인규는 염승익과 함께 충렬왕 대에 재상을 지낸 인물로 충선왕 비인 조비(趙妃)의 아버지이기도 하다.

어려서 부모를 잃은 염제신이 원에 있는 고모부의 집에서 자라게 된 경위는 알 수 없지만, 그의 고모, 즉 염승익의 딸이 원으로 시집을 갔다는 사실이 주목된다. 앞서 충렬왕 13년(1287)에 제국대장공주가 몽골에 갈 때 데리고 갈 양가의 딸을 선발하는 과정에서, 염승익은 인후와 함께 그 일을 담당했다. 염승익의 딸이 이 일행에 포함이 되었는지 혹은 다른 경로를 통해 원으로 가서 말길과 혼인을 하게 되었는지 정확히 알 수는 없다. 그러나 염승익이 당시 "원망하며 우는 소리가 온 거리에 가득"할 정도의 원성 속에서 다른 집안의 딸들을 선발했을 뿐 아니라 자신의 딸도 원으로 보냈다는 점이 눈길을 끈다. 이때의 공녀 선발 과정에서, 홍문계(洪文系, 1242~1316)는 자신의 딸이 선발되자 머리를 깎고 출가시켜 몽골행을 피하고자 하다가 결국 괘씸죄로 자신은 유배를 가게 되고 딸은 원에서 온 사신에게 보내졌다.

염승익이 고려의 재상이었고, 제국대장공주의 총애를 받고 있었던 인물임을 고려하면 그 딸은 애초에 원 지배층과의 통혼을 위해 원으로 들어갔을 것으로 생각된다. 이후 그가 말길과의 사이에서 자녀를 출산했는지, 그의 결혼생활이 어떠했는지를 직접적으로 알려 주는 자료는 없다. 그러나 조카 염제신의 이력은 그 일단을 유추해 볼 수 있게 한다.

염제신의 아버지 염세충은 마지막 관직이 안남부사(安南副使)였는데, 그는 충렬왕 28년(1302)에 이 직책에 임명되었다고 하므로, 아마도 그가 사망한 시기는 그 이후 수년 사이, 1300년대 초반의 일이었을 것이다. 이 시기는 1298년 고려에서 충선왕이 왕위에 올랐다가 폐위된 후 충렬왕이 다시 왕위에 있던 시기였다. 충선왕은 충렬왕이 사망한 후 1308년에 다시 왕위에 오른다.

1298년 왕위에 오른 충선왕이 1년이 채 되지 않아 폐위가 된 데에는 물론 다른 요인들도 작용했지만, 그가 통혼했던 몽골 공주, 계국대장공주와의 불화가 가장 큰 요인으로 작용했다. 이 부부간의 불화는 당시 충선왕이 또 다른 부인이었던 조비, 즉 조인규의 딸을 총애하는 사실과 대비가 되었고, 이는 조비의 어머니, 즉 조인규의 부인과 조비가 충선왕과 공주의 불화를 비는 굿을 했다는 무고 사건으로 비화했다. 이 문제를 조사하기 위한 몽골의 사신들이 수차례 고려를 방문했고, 조인규와 그 부인 및 조비는 모두 몽골로 소환되어 재판을 받았으며, 이 일련의 소동은 충선왕 폐위로 귀결되었다. 염제신이 부모를 잃은 후 외가가 아닌 원에 있는 고모와 고모부의 집으로 가게 된 데에는 이처럼 그 외가가 정치적 분쟁에 휘말린 상황이 중요한 배경이 되었을 것이다.

　　여하한 사정이 있었다고 하지만, 어쨌든 말길은 그의 처조카, 그것도 고려에서 건너온 처조카의 어린 시절을 책임졌다. 더욱이 그 외가의 주요 구성원들이 원 황실의 미움을 받아 처벌을 받은 상황이었다는 점에서 정치적으로는 마뜩잖았을 수 있음에도, 말길은 어린 처조카를 받아들였다. 나아가 말길은 단지 갈 곳 없는 처조카를 받아들인 이상으로 그에게 공을 들였던 것으로 보인다.

　　이색이 지은 염제신 신도비의 기록에 따르면, 말길은 염제신을 위해 유생을 그의 집에 들여 10년 동안 공부를 시켰다고 하며, 위 기록에 보이듯 말길은 태정제의 즉위식에 굳이 염제신을 데리고 가서 그가 카안의 눈에 띌 수 있는 기회를 제공하기도 했다. 이처럼 말길이 염제신을 친밀하게 돌보고 정치적 지원까지 했던 것은 간접적으로나마 말길과 그 부인, 즉 염제신 고모의 부부관계가 상당히 안정적이었음을 보여 주는 것이 아닌가 한다.

한편, 이 외에도 몽골 황실이나 지배층, 고려에 온 몽골 관리나 사신들의 요청에 의해 고려 지배층의 딸들이 몽골로 시집을 간 사례들은 다수 확인된다. 이들 개별 사례에서 고려 여성들의 삶이 어떠했는지, 그러한 통혼들이 이후 어떤 여파를 남겼는지를 구체적으로 확인하기는 어렵다. 그러나 이러한 고려 여성의 자손들이 이후 세대에 몽골 정계에서 활발하게 활동하고 있었음은 앞에서 본 이곡의 상소문을 통해서도, 그리고 앞서 살펴보았던 공민왕 즉위 초 조일신의 언급을 통해서도 확인할 수 있다.

이처럼 원 지배층과 통혼을 하게 된 고려 여성들은 그 자손들이 원 정계에서 활발하게 활동할 정도로 자리를 잡았으니, 궁 안팎에서 급사로 생활했던 여타 고려 출신 여성들에 비해 편안한 삶을 살았을 것이다. 그러나 당연하게도 이들에게도 고충이 있었을 것인데, 원 말에 도종의가 지은 『남촌철경록』에 실린 「고려씨수절」이라는 제목의 글은 당시 몽골에서 가정을 꾸린 고려 여성들이 당면했던 삶의 일단을 보여 준다.

「고려씨수절」에 등장하는 '고려씨'는 원 중서평장(中書平章) 쿠쿠다이[闊闊歹]의 두 번째 부인으로, 남편이 죽은 후 수절을 맹세했지만, 첫째 부인의 아들이 그를 취하고자 하면서 위기에 처하는 인물이다. 몽골에서는 아버지나 형이 사망하면 그 부인 (생모가 아닌 경우)을 아들이나 동생이 취하는 수계혼이 일반적으로 행해졌다.

고려씨는 아들의 요청을 거절했지만, 아들은 포기하지 않고 당시 권신이었던 태사(太師) 바얀에게 뇌물을 제공해 수계를 명하는 카안의 성지를 받게 된다. 이에 고려씨는 그의 어머니와 함께 밤중에 담을 넘어 도망쳐 비구니가 되는데, 이는 바얀의 노여움을 사 고려씨는 성지를 위배했다는 죄목으로 국문을 당하기에 이른다. 다행히 국문 과정에서 그의 '수절'이 평가를 받아 벌을 면하고 사건은 해피엔딩을 맞이하지만, 이 사례는 몽골에서 가정을 꾸린 고려 여성의 삶의 일단을 보여 준다.

수계혼뿐 아니라 몽골이 다처제 사회라는 사실도 몽골에 간 고려 여성들의 입장에서는 극복해야 할 난관의 하나였다. 이는 수계혼 사례와 더불어 문화적인 기반이 전혀 다른 사회에 정착, 적응하는 과정에서의 어려움이라고 할 수 있겠다. 일부일처제 사회인 고려와 달리 몽골은 다처제 사회였고, 몽골로 간 고려 여성들이 반드시 제1부인의 위치에 있었으리라는 보장은 없다. 특히 초기의 몇몇 통혼 사례들 가운데에는 일종의 징벌적인 형태로 통혼이 이루어진 경우도 있었다.

예컨대 충렬왕 13년(1287) 제국대장공주의 명으로 양가의 딸을 차출할 당시 홍문계가 자신의 딸을 원에 보내지 않으려 하다가 결국 본인은 유배를 당하고 딸은 원 사신에게 주어졌음은 앞에서 보았다. 홍문계의 딸을 데리고 간 원 사신은 충렬왕 15년에 고려에 왔던 아쿠타이[阿忽台/阿古大]인데, 당대의 사료를 통해 명확하게 확인되지는 않지만, 후대인 조선시대에 편찬된 『남양홍씨세보(南陽洪氏世譜)』, 즉 홍씨 집안의 족보 자료에서는 원 말의 재상이었던 베르케부카[別兒怯不花]가 홍문계의 딸 홍씨의 아들이라고 기록하고 있다. 또한 고려 충선왕의 왕비가 되었다가 무고 사건으로 쫓겨나 원으로 소환되었던 조비는 이후 강절행성 평장정사(平章政事) 우마르[烏馬兒]와 혼인했던 것으로 보인다.

　　　즉 몽골로 간 고려 여성들은 몽골의 지배층과 결혼을 했다 하더라도 반드시 제1부인이 되었으리라는 보장은 없으며, 혹 제1부인이 되었다 하더라도 다른 부인들과의 관계 속에서 스스로의 입지를 세워야 하는 환경에 적응해야 했을 것이다. 이러한 문제는 단지 일처제와 다처제라는 가족 구성 방식의 차이에만 그치는 것은 아니었다.

　　　고려 국왕과 통혼해서 고려에 온 몽골 공주들은 물론 시간이 지나면서 고려의 생활 방식에 적응을 했겠지만, 동시에 몽골식 천막을 설치해 두거나 몽골인 옹인(饔人), 즉 주방 궁인을 두는 등, 주거나 식생활 면에서 상당 부분 몽골의 생활 방식을 유지했던 것으로 보인다. 또한 많은 수행인원을 대동해 와서 그들과 일상생활을 함께했다. 그러나 몽골에 갔던 고려 여성들이 이러한 조건에 있지는 않았을 것이니, 그들은 식생활이나 거주 형태, 언어 등 전반적인 문화의 차이에 적응해야 했을 것이다.

　　몽골에서의 삶이 어떠하든, 몽골로 가게 된 여성들 및 그 가족의 입장에서 가장 큰 어려움은 물리적 거리에 있었다. 이곡 역시 이 부분을 지적하고 있는데, 몽골 공주들 가운데에서도 가장 위세를 떨쳤던 제국대장공주조차 그가 고려에서 지낸 기간 동안 원을 방문한 것이 손에 꼽을 정도였다.

　　「고려씨수절」의 주인공 고려씨의 경우 다행히도 그 어머니를 모시고 살았던 듯하지만, 이는 아마도 홀어머니였기 때문에 가능한 측면도 있었을 것이다. 일반적인 경우에는 일단 몽골로 간 고려의 여성들은 그 부모를 만나기가 쉽지 않았을 것이다. 그 집안이 고려의 지배층인 경우 간혹 사행이나 여타 정치적 사안으로 아버지나 남자 형제들이 몽골을 방문해 혹여 만날 수 있는 기회가 있을 수도 있었겠지만, 그 어머니 등 여성 가족 구성원과의 만남은 사실상 거의 불가능했다. 이러한 점은 결혼을 한 후에도 자녀가 장성할 때까지 십수 년간은 대개 여성의 집에서 생활을 하는 솔서혼 풍습이 있었던 고려의 여성들과 그 부모의 입장에서 견디기 힘든 부분이 아니었을까?

물론 정치적 이해관계를 따져서 딸을 원으로 보내는 사례도 있었고, 실제 원 지배층과의 통혼을 통해 정치적 이득을 보는 사례도 있었다. 그러나 그러한 이득이 있었다 하더라도 그러한 이득은 직접적으로는 가문의 남성 구성원들이 받는 혜택이며, 그러한 이득을 위해 감당해야 할 고충은 주로 몽골로 간 고려 여성 본인을 비롯한 여성 가족 구성원의 몫이었다.

2) 원 궁정의 고려 '남성'들, 환관

_____고려의 환관은 동녀와 함께 몽골에서 고려에 요구하고 고려에서 보내었던 주요 대상이었다. 충렬왕 26년(1300, 원 성종 대덕 4) 충렬왕이 원에 갔을 때 성종 테무르에게 3명의 환관을 바친 것이 고려에서 원에 환관을 보낸 최초의 공식적 기록이다. 한편, 그로부터 몇 년 후인 충렬왕 30년(1304)에는 몽골의 종왕(宗王)인 안서왕(安西王) 아난다[阿難達]가 고려에 사신을 보내어 와서 환관을 요청한 기록도 보인다. 아난다는 그에 앞서

충렬왕 27년(1301)에는 고려에 사신을 보내 동녀를 구하기도 했다. 즉, 원 조정뿐 아니라 종왕이나 대신들도 고려 출신 환관들을 두었음을 알 수 있다.

그런데 『고려사』 환자전(宦者傳)에 따르면, 이보다 앞서 제국대장공주가 그 아버지인 세조 쿠빌라이에게 환자 몇 명을 바친 것이 고려의 환관이 원에 보내진 최초의 사례라고 한다. 이제현이 쓴 기록에 따르면 뒤에 언급할 방신우(方臣祐, 1267~1343)라는 인물이 그 최초 사례로 충렬왕 15년(1289) 제국대장공주가 원에 가면서 그의 급사로 있던 방신우를 데리고 갔고, 유성황후(裕聖皇后, ?~1300)가 그를 마음에 들어하므로 원 궁정에 남겼다고 한다. 유성황후는 세조 쿠빌라이의 장남으로 황태자에 책봉되었다가 일찍 사망한 친킴[眞金, 1243~1286]의 부인이다. 세조 쿠빌라이에 이어 카안위에 오른 성종 테무르의 모친이기도 하다.

환관은 거세된 자로 궁정에서는 주로 황후나 황태후 등이 있는 내정(內廷)의 일을 맡아보았다. 중국에서는 일찍부터 이러한 환관들이 존재했고, 환관과 관련된 관아들이 다수 설치되어 있었던 것으로 보아, 상당한 수의 환관들이 궁내에서 활동했던 것으로 보인다. 예케 몽골 울루스 초기의 상황을 알 수는 없으나 그 수가 많지는 않았던 것으로 보이는데, 갈수록 그

수가 늘어나 혜종 토곤테무르 재위 초반에 그 수는 약 1,000명에 이르렀다는 기록이 있다.

그런데 원대에는 케식이 카안을 포함한 황실 구성원들의 친위부대로서 24시간을 함께하며 주요 사안들을 보좌했기 때문에 상대적으로 환관의 역할이 다른 왕조에 비해서 제한될 수밖에 없었다. "천자의 앞과 뒤, 좌우는 모두 세가 대신 및 그 자손으로, 태어나면서부터 귀한 자들이니 환관이 권력을 마음대로 하고 정치를 도둑질하는 자가 그 사이에 있을 수 없었다"라는 『원사』 환자전의 기록은 이러한 상황과 관련된다. 실제 53명의 환관들의 이야기가 실려 있는 『송사』 환자전에 비해 『원사』 환자전에는 단 두 명의 환관 사례가 실려 있을 뿐이라는 사실도 함께 주목된다. 그 두 명 가운데 한 명이 고려 출신 환관 박부카라는 사실은 더욱 눈길을 끈다.

한편, 원 궁정에서 환관의 역할이 다른 시기에 비해 축소되었다고는 하지만, 고려 내 환관의 역할이나 위상에 비하면 원 궁정에서의 그것은 상당한 것이었다. 고려의 환관은 신분이 미천했으며, 이에 궁내에서 후궁과 관련한 일들을 맡아 하기는 했으나, 아무리 큰 공을 세웠다 하더라도 환관이 오를 수 있는 관직은 남반(南班) 7품까지였다. 이에 비해 원 궁정에서 환관들은 높은 관직을 가질 수 있었을 뿐 아니라 정책 결정 과정에 참여하며 정치력을 가질 수 있었다. 예컨대 기황후 시기의 대표적 환관인 고용보(高龍普, ?~1362)와 박부카가 기용되었던 자정원사(資政院使)는 정2품 관직이다.

원대 환관들의 정치적 영향력 행사는 주로 그들이 봉사하는 황후 및 황태후와의 관계 속에서 이루어졌다. 몽골에서는 황후의 정치적 영향력이 비교적 컸는데, 이는 카안위 계승 과정에서 이들이 중요한 역할을 했던 것에서 비롯되는 측면이 있다. 몽골에서 카안위 계승에는 쿠빌라이 대 이후 자리 잡은 황태자제도를 통해 구현되는 선대 카안의 유지가 중요했지만, 그에 못지않게 다른 황실 구성원들의 동의가 중요했으며, 이 동의를 구하는 과정은 쿠릴타이를 통해 이루어졌다.

이 쿠릴타이는 당연하게도 선대 카안이 사망한 후에 이루어지기 때문에 그 준비 및 진행 과정을 주도하고 그에 참석하는 황실 구성원들의 의사를 조정하는 일은 선대 카안의 황후가 담당했다. 또한 이러한 카안위 계승 방식하에서 카안위가 비어 있는 기간이 길어질 수밖에 없었고, 이 시기 제국의 정치는 황태후가 담당했다. 나아가 원대 중후반에 이르면 카안위 계승 분쟁이 연이어 발생하는 가운데 황태후들이 권력을 장악하는 상황도 지속적으로 발생했다. 이에 이러한 황후 및 황태후를 보좌하는 역할을 주로 맡았던 환관들의 정치적 영향력 역시 클 수밖에 없었다.

　　권형은 『경신외사』의 지정 2년(1342) 기록에서 "이해 가을에 감찰어사가, '환관이 너무 많다. 마땅히 환관과 궁녀의 수를 줄여야 한다'고 했다. 생각하건대 당시 환자는 대부분 고려인이었다"라고 하여, 몽골 궁정의 환관 가운데 고려 출신 환관이 많았음을 직접적으로 기록하고 있다. '지정 2년'이라는 시점을 볼 때 이 역시 기황후의 황후 책봉과 관련된 현상이었을 수 있다. 『원사』 환자전에 이름을 올린 두 명 중 한 명인 박부카는 기황후와 같은 지역 출신이라는 인연으로 자정원사 등의 관직을 거치며 권력을 장악했다. 『원사』 환자전에 이름을 올리지는 않았지만, 고려사에서 유명한 고용보 역시 기황후의 권력을 배경으로 성장한 고려 출신 환관의 대표적 인물이다.

　　그러나 기황후가 순제의 눈에 들게 된 계기를 마련해 준 것이 고려 출신 환관인 휘정원사 투멘데르였던 것을 보면, 기황후 이전에 이미 원 궁정에 고려 출신 환관의 비중이 상당했을 것임을 짐작할 수 있다. 앞서 언급한 『원사』 환자전의 상황을 봐도 그러하지만 말이다. 수적으로는 고려에서 원으로 간 공녀들이 많았지만, 이들은 궁 안에만 머물지는 않았고 대신들과 결혼하거나 혹은 궁 안에 있다가도 황제의 신임하는 신하 등에게 하사되는 경우들이 있었음에 비해, 환관들은 계속 궁내에 축적되었고 정치적 영향력 또한 있었기에 기황후 정도의 인물이 등장하기 전까지는 공녀들에 비해 궁 안에서의 비중이나 위상이 더 크고 높았을 것이다.

　　원 궁정의 환관 가운데 고려 출신 환관의 비중이 컸던 이유는 정확히 알 수 없다. 다만 『고려사』 환자전 서문에 제국대장공주가 그 아버지인 세조 쿠빌라이에게 환관 몇 명을 바쳤는데, 그들이 궁내에서 시중드는 일과 재물 관리 업무 등을 잘 했다는 기록이 참고가 될 뿐이다. 고려 출신 환관들이 일을 잘해서 원 궁정에서 고려 출신 환관에 대한 수요가 많았을 수도 있겠지만, 또 한편으로는 고려 측, 정확히는 고려인으로서 원 궁정의 환관이 되고자 했던 자들의 이해관계도 생각해 볼 필요가 있다.

　　우선 원 궁정에서 환관의 위상과 고려 내에서 환관의 위상 사이에 큰 차이가 있음은 앞에서 살펴본 바와 같다. 이러한 점은 고려 내에 원 궁정의 환관이 되고자 하는 이들이 다수 발생하게 되는 주요한 배경이 되었다. 긴 내용이지만, 『고려사』 환자전의 다음 구절은 이를 잘 보여 준다.

　　〈원 황제의〉 조서를 받들고 사신으로 와서는 자기 집안
　　사람들의 조세와 부역을 면제시키고, 자기의 일족에게

관직을 주는 등 은총이 매우 후했다. 이에 잔인하면서도 요행을 바라는 무리들이 돌아가며 서로 이를 선망하고 따라 배워, 아버지는 자기 아들의 고환을 제거하고 형은 자기 동생의 고환을 제거했다. 또한 난폭한 자는 조금이라도 분하거나 원망스러운 일이 있으면 스스로 거세하였으므로, 불과 수십 년 사이에 거세한 무리들이 매우 많아졌다.

원의 정치가 점차 문란해지면서 환관들이 권력을 장악하여 이 무리들 중에 혹은 관직이 대사도(大司徒)에 이른 자도 있고 〈원에 있으면서〉 멀리 〈고려의〉 평장정사(平章政事)에 임명된 자도 있었다. 그 다음가는 자들은 모두 원사(院使)나 사경(司卿)이 되었다. 〈환관의〉 인척이나 동생, 조카까지 모두 〈관직에 임명한다는〉 조정의 명을 받았으며, 저택과 수레 및 복장은 분수에 넘게 경(卿)이나 재상의 것을 모방했다.

나라에서 〈원 황제에게〉 주청(奏請)할 일이 있을 때마다 반드시 그들의 힘에 의지했기 때문에 충렬왕 때에 이미 봉군(封君)된 자가 있었다. 충선왕이 오랫동안 원에 머무르며 자주 〈황제궁·황후궁·황태자궁〉 삼궁에 출입했는데, 이 무리들이 이것을 인연하여 서로 친하게 지내며 청탁을 많이 했다. 왕이 그중 더욱 가까이하며 총애하는 자를 택하여 **모두 봉군하고 작위를 하사했으며**, 나머지는 모두 검교첨의(檢校僉議)나 밀직(密直)에 임명하였다. 이로 말미암아 고려의 옛 제도[舊典]가 완전히 무너졌으며, 거세하여 아직 상처도 아물지 않은 자까지도 또한 본국을 경시했다.

『고려사』 권122, 「열전」 권제35, '환자', 서문

즉, 고려 출신 환관들은 당시의 고려-몽골 관계 속에서 황제의 사신으로 고려에 와서 행세를 하며 고려에 있는 가족들을 현달시키고 경제적 부를 축적할 수 있었으며, 몽골 황실에서의 정치적 역할을 바탕으로 고려 국왕조차 그들에게 도움을 요청하는 상황이었으니, 무리를 해서라도 환관이 되고자 하는 자들이 많아졌다는 위의 기록은 100%는 아니어도 신빙성이 있어 보인다.

『고려사』 환자전에는 몽골로 간 고려 출신 환자 가운데 고려의 정치에 영향을 크게 미친 인물들의 이야기가 실려 있다. 여기에 이름을 올린 자들은 대부분 위 서문에서 보이는 환관들의 일반적인 행적을 모두 보인다.

우선 대표적인 인물로 방신우를 들 수 있다. 그는 제국

대장공주의 급사로 공주를 따라 원에 갔다가 유성황후의 눈에 들어 원 궁정에 남게 된 케이스로, 고려-몽골 관계 속에서 발생한 분쟁적 상황에서 고려 혹은 고려 국왕의 입장을 대변해 고려에 도움을 주기도 했다.

충선왕이 복위 후 원에 머물고 있을 때, 요양행성의 홍중희가 충선왕이 법을 지키지 않으며 잘못된 정치를 하고 있음을 원 중서성에 고하고, 그 잘잘못을 조정에서 판별할 것을 요청한 바 있다. 충선왕이 이 문제로 걱정을 하자, 방신우는 수원황태후(壽元皇太后) 다기에게 홍중희는 나라에 원한을 품고 도망한 민이라 거짓으로 본국에 해가 되는 주장을 하는 것이니, 이를 가지고 왕에게 죄를 물을 수 없음을 고했다. 이를 타당하게 여긴 황태후가 무종 카이샨에게 전하여 오히려 홍중희를 유배 보내는 것으로 사안이 마무리되었다. 수원황태후는 당시 카안이었던 무종 카이샨과 그 동생으로 충선왕과도 각별한 사이였던 인종 아유르바르와다의 어머니이다. 앞에서 본, 복타그를 쓴 초상화의 주인공 순종 황후가 바로 그이다.

이후 몽골의 번왕(藩王)이 원 조정에 귀부하자, 원에서는 그들을 압록강 동쪽에 거주시키려는 논의가 이루어졌다. 이에 방신우는 그러한 조처가 고려인들을 동요시킬 것이니 적절하지 못하다고 주청해 해당 논의가 중지되었다고 한다. 또한 충숙왕 대에 입성론이 제기되었을 때에도 방신우는 이를 중지시키도록 한 바 있다.

이러한 공으로, 방신우는 고려에서 공신에 책봉되고 군(君)으로 봉해졌으며, 고향인 중모현(中牟縣)의 아전이었던 아버지 방득세는 현령이 되었다가 곧 상주목사(尙州牧使)에 임명되었고, 매부는 농사를 짓다가 관직을 받아 첨의평리(僉議平理)까지 되었으며, 조카 또한 등급을 뛰어넘는 관직을 받았다. 또한 그가 사망한 후에는 국가에서 특별히 왕명으로 그 사당의 비를 세워 주었는데, 그 비문은 당시 영예문관사(領藝文館事)였던 이제현이 작성했다. 개인의 묘지명이나 사당기와 같은 것은 개인적인 친분을 바탕으로 문장을 의뢰하는 것이 일반적이다. 방신우의 사당기문을 왕명으로 찬술하게 한 것은 그가 원 조정에서 활동하면서 고려와 고려 왕실을 위해 세운 공을 기린 것이다. 그는 원에서도 강남의 땅과 금은 보초 등을 헤아릴 수 없이 받았다고 하니 그야말로 몽골과의 관계 속에서 완벽한 인생 역전을 맞았던 인물이라 하겠다.

세상이 바뀌었다는 것을 보여 주고 싶었던 것일까? 이처럼 방신우는 원에서 환관이 되어 얻어 낸 권력을 고려와 고려 왕실을 위해 사용하기도 했지만, 개인적인 과시나 이해관계 속에서 사용하기도 했다. 충선왕 후2년(1310)에 원에서는 방신우를 고려에 보내 금자장경(金字藏經)을 필사하는 것을 감독하도록 했는데, 방신우는 당시 국경을 넘어 고려로 들어와서 지나는 군현의 수령들을 모욕하고 그들로부터 뇌물을 받았다고한다. 또 담당 관리에게 죄수를 석방하도록 했으나 해당 관리가 방신우의 개인적 이해관계가 얽혀 있는 청탁임을 알고 듣지않자, 두세 차례 강압해서 결국 석방하도록 했다.

방신우 이외에 『고려사』에 이름을 올린 고려 출신 원 환관들 가운데에도 원 황제나 황태후, 황후의 총애를 받아 고려와 관련한 문제에 영향력을 행사한 자들이 많지만, 자신들의 정치적 영향력을 고려 조정에 도움이 되는 방향으로 행사한 경우는 드물다.

충렬왕 대에 주로 활동했던 이숙(李淑)은 애초 충렬왕의 총애를 받았던 인물인데, 원에 들어가 태감(太監)이 되었고, 충렬왕이 황제에게 청할 것이 있을 때 이숙을 통했다고 한다. 그는 충렬왕 말엽 충렬왕 지지 세력과 충선왕 지지 세력 간의 정쟁이 한창일 때 충렬왕의 측근 신료들이 충선왕을 폐위시키기위한 공작을 진행하는 데에 힘을 더하기도 했다. 그가 애초에 충렬왕의 총애를 받아 관로에 오르게 되었으니, 이숙으로서는 자연스러운 선택이었다고 생각된다.

그런데 이숙에게서 주목되는 사실은 그가 충렬왕의 측

근이었으며, 그 결과 충렬왕과 충선왕 사이의 정치적 분쟁에서 충렬왕 측에 섰음에도 불구하고, 충선왕이 복위한 후 원으로 들어가기 직전인 1310년 9월에 단행한 대대적 인사에서 이숙을 고향인 평창의 군(君)으로 봉했다는 사실이다. 당시 이숙과 함께 각기 자신의 고향에 봉군된 고려 출신 원 환관들은 이대순(李大順), 전투먼테구스[全朶萬帖古思], 김이랄타[金亦刺兀塔], 전사리[全撒里], 방신우, 박아부카[朴阿不花], 이바이테무르[李伯帖木兒], 유창록(劉昌祿), 최흔장(崔欣莊), 정매살(鄭買撒), 이신(李信), 권고리(權古里), 임바얀투쿠스[任伯顔禿古思], 이삼진(李三眞) 등 모두 14명이다.

위에 이름이 제시된 자들은 당시 원 조정에서 활동하던 고려 출신 환관들 가운데 대표적인 인물들일 것이니, 이 봉군 사례는 우선 당시 활동하던 고려 출신 원 환관의 규모를 보여준다. 더하여 이는 그들의 정치적 영향력이 상당했음을 보여주는 사례이기도 하다. 충선왕이 자신에 적대적인 세력을 지원했던 이숙을 이 인사에서 배제할 수 없었으니 말이다. 게다가 이때 봉군된 자들 가운데에는 충선왕이 개인적으로 좋아하지 않아 결국 적대하게 되는 인물, 임바얀투쿠스도 있었다.

임바얀투쿠스 역시 『고려사』환자전에 이름을 올리고 있는데, 그는 애초 노비 출신으로서 스스로 거세해 환관이 되었다고 한다. 원 인종 아유르바르와다가 카안위에 오르기 전부터 그를 섬겼는데, 『고려사』 환자전의 기록에 따르면 그가 '아첨을 잘하고 음흉하여 불법적인 일을 많이 저질렀기 때문에 충선왕이 그를 매우 미워했다'고 한다. 임바얀투쿠스 역시 충선왕의 그러한 마음을 알고 이후 양자 간의 갈등이 심해져, 인종이 사망하고 영종(英宗) 시데발라[Sidebala, 碩德八剌, 재위 1320~1323]가 즉위하자 임바얀투쿠스는 충선왕을 참소하고 무고해 왕이 토번으로 유배 가는 데에 일조했다. 결국 영종이 사망하고 태정제 이순테무르가 즉위해 다시 원 정국이 바뀌게 되는 1323년에 처형당하게 된다.

애초 원 조정으로부터의 요구가 있기도 했으니, 이 시기 고려의 남성들이 원 조정의 환관이 된 것은 고려-몽골 관계 속에서 타의에 의해 이루어진 측면이 크다. 물론 고려에서 별 볼일 없던 자들이 원 황실의 환관이 되어 고려에서 스스로는 권력을 행사하고 그 일가족까지 부귀영화를 누리게 되는 사례들을 보면서 스스로 환관이 되기를 선택한 고려인들이 다수 생겨났다는 『고려사』 환자전 서문의 이야기도 사실일 것이다. 임바얀투쿠스의 사례처럼 말이다. 그러나 아무리 부귀영화를 꿈꾼다 하더라도 환관이 되기를 스스로 선택하는 것이 쉬운 일은 아니었을 것이니, 이러한 선택들이 많았다는 것은 그만큼 고려에서 그들의 삶이 고단하고 미래가 불투명했음을 반영하는 것이기도 할 것이다.

한편, 임바얀투쿠스와 같이 고려 국왕에 대한 개인적인 반감을 해소하는 데에 자신의 정치적 영향력을 사용한 사례도 있고, 방신우와 같이 고려와 왕실을 위한 자들도 있지만, 그보다 더 많은 고려 출신 원 환관들은 그저 자신과 가족들의 안위를 챙기는 데에 힘썼을 뿐 딱히 고려-몽골 간에 발생했던 정치적 분쟁의 과정에 크게 힘을 쓰지 않고 지냈을 수 있다. 충선왕대 봉군된 15명의 환관들 가운데 정쟁의 과정에서 그 이름을 드러낸 환관들보다 그렇지 않은 환관들이 더 많은 것을 보면 말이다.

타의에 의해서든 자의에 의해서든, 어쩌면 자의 반 타의 반으로 환자가 되어 원 조정에 들어간 고려 출신 환관들은 일차적으로는 개인적으로 원하던 권력과 부귀영화를 성취했을 것이며, 기회가 닿을 경우 고려와 고려 국왕을 위해 자신들의 힘을 쓰기도 했을 것이다.

이들은 낯선 타지를 찾아온 고려인들에게 이미 완벽하게 정착한 선배이자 동향인으로서 도움을 주기도 했을 것이다. 그들이 주로 원 궁정에서 생활했던 만큼, 그러한 고려인들 가운데에는 눈물을 머금고 고향을 떠나온 공녀들이 있었을 것이며, 개중에 그들의 도움을 받고 운이 닿아 황후가 된 공녀는 다시 그들에게 힘이 되어 주었을 것이다. 투멘데르가 공녀 기씨에게, 기황후가 고용보와 박부카에게 그랬던 것처럼 말이다. 또한 원 궁정에서 그들이 쌓은 영향력은 고려에서 사찰을 새로 짓는 데에 필요한 자금이 부족해 통 큰 시주자를 찾기 위해 대도를 찾은 승려에게도 큰 힘이 되었을 수도 있다. 뒤에 나오는 금강산 장안사 이야기처럼. 그리고 아마도 그 외 다양한 목적으로 대도를 찾은 고려인들에게도 마찬가지였을 것이다.

3장

이루고자 하는 바가 있어: 스스로 국경을 넘은 고려인들

당시 원대도에는 제과 급제를 희망하며 유학 중이던 고려인들도 많았지만, 구도(求道)를 위해 대도를 찾은 승려들도 적지 않았다. 그리고 이러한 고려 출신 승려들과 유학자들은 〈고려인〉이라는 공통분모를 바탕으로 타지에서 쉽게 가까워졌던 것으로 보인다.

1. 제과(制科)에 급제하기 위해서

1) 제과에 응시한 고려인들

_____우리는 시험을 봐서 직책에 적합한 업무 능력을 가진 자를 선발하는 것은 너무나 당연하다고 생각되는 시대에 살고 있지만, 전근대 시기 관료의 선발은 반드시 시험을 통하지는 않았다. 관료를 선발하는 시험의 대표적 형태인 과거시험은 국초의 호족 세력을 제압하고 왕권을 강화하고자 했던 고려 광종대에 처음으로 도입되었다. 그러나 고려 말까지도 모든 관료들이 과거를 통해 관직에 진출하지는 않았다.

고려에서 관료를 충원하는 방법에는 과거제도 외에 천

거제라고 하여, 관직에 적합한 자를 추천을 통해 충당하는 제도도 있었지만, 보다 많은 관료들이 음서제도를 통해 관직에 진출했다. 음서제도는 조상의 공로에 근거해 그 자손에게 관직에 나갈 기회를 주는 제도이다. 이처럼 과거시험을 보는 것 이외에도 관직에 나아갈 수 있는 길은 있었지만 여기에는 제한이 있기도 했고, 이미 음서를 통해 관직에 진출한 사람이 굳이 다시 과거를 보기도 했던 것을 보면, 과거시험을 통해 관직에 진출하는 것에 대한 선망이 있었던 것으로 보인다. 이에 많은 고려의 유생들이 합격의 순간을 기대하며 열심히 과거시험 공부를 했다. 그들이 다 합격하지는 못했겠지만 말이다.

과거제도는 원래 중국의 제도였으니, 수나라 때 시작된 중국의 과거제도는 당대에서 송대에 이르러 최전성기를 맞이했다. 그리고 유명한 최치원의 사례에서 보듯, 신라인이나 발해인, 그리고 고려 사람들도 중국의 과거제도에서 외국인을 위해 마련한 빈공과에 응시해 합격의 영광을 누리기도 했다.

그런데 몽골제국이 들어선 후, 관리를 등용하기 위한 과거시험은 시행되지 않았다. 원에서 처음 과거가 시행된 것은 인종 연우 2년(1315)에 이르러서였는데, 이후로도 지속적·정기적으로 시행된 것은 아니었다. 『고려사』의 기록에 따르면, 인종 대 처음으로 과거를 치르게 되는 과정에서 인종의 측근이었던 충선왕이 중요한 역할을 했다고 한다.

어찌되었든 원에서 과거제도를 시행하게 된 것은 과거시험을 통과해 그 능력을 인정받아 관직에 오르기를 기대하던 고려의 유생들에게 그들이 도전할 또 하나의 목표를 제시했다. 원의 과거시험, 즉 제과에 합격하는 것이었다.

인종 대에 다시 시작된 과거시험은 1차 시험인 향시(鄕試)와 2차 시험인 회시(會試), 그리고 3차 시험인 전시(展試)로 구성되었는데, 대도에서 시행되는 2차, 3차 시험을 제과라고 한다. 각 지역 단위에서 치르는 향시는 대도, 상도 및 각 행성에서 시행했고, 그 합격자 300명이 수도에 모여 회시를 치러 100명을 선발했다. 전시에서는 회시에서 선발된 100명의 순위를 매겼다. 향시에서 선발되는 인원은 지역에 따라 차이가 있었는데, 총 300명의 합격자 가운데 정동행성, 즉 고려에 할당된 합격자 인원은 3명이었다. 이렇게 힘든 관문을 통과해 300명의 향시 합격 인원에 포함되어 회시를 치르는데, 회시 합격생 100명은 다시 몽골인, 색목인, 한인, 남인이 각각 25명씩으로 그 인원이 할당되어 있었다. 아무래도 응시 인원이 많은 한인, 남인의 경쟁률이 치열했으니, 고려인으로서 원의 제과에 급제하는 것은 하늘의 별 따기만큼이나 쉽지 않은 일이었다.

그럼에도 불구하고 많은 고려의 유생들이 제과에 응시

하고자 했던 것은 본인의 능력을 확인하고 인정받고자 하는 욕구에 더해, 황제의 조정에서 관직생활을 해 보고자 하는 야망이 있었기 때문이 아니었을까? 부자간에 대를 이어 제과에 합격한 이곡과 이색의 이야기는 그런 면을 보여 준다. 이곡은 한 차례의 낙방 후 충숙왕 후원년(1332) 35세의 나이에 두 번째 시도에서 제과에 합격하고 이후 원에서 관직생활을 하게 된다. 이색이 18살 되던 해, 당시 대도에 있던 이곡은 아들 이색에게 학문을 권하는 내용의 시, 즉 권학시(勸學詩)를 지어 보냈는데, 그 시에서 이곡은 아들에게 다음과 같이 당부하고 있다.

> 남아는 모름지기 제왕의 도읍에서 벼슬을 해야 할 것이니,
> 벼슬길에 나가려면 고생하기는 어디나 마찬가지.
> 너도 알다시피 선니(宣尼: 공자)가 천하를 작게 여겼던 것은
> 단지 몸이 높은 태산 위에 있었기 때문이었느니라.
>
> 이곡, 『가정집』 권18,
> 「용가형시운기시아자눌회(用家兄詩韻寄示兒子訥懷)」

몇 차례 시행되지 않은 원의 제과에 고려에서는 거의 매번 응시자를 보냈고, 결과적으로 10명에 가까운 인원이 제과 합격자로 『고려사』에 이름을 올렸다. 다음은 그 영광스러운 이

름들이다.

안진(安震, ?~1360): 1318년 합격

최해(崔瀣, 1287~1340): 1321년 합격

안축(安軸, 1282~1348): 1324년 합격

조렴(趙廉, 1291~1343): 1324년 합격

이곡(李穀, 1298~1351): 1333년 합격

이인복(李仁復, 1308~1374): 1342년 합격

안보(安輔, 1302~1357): 1344년 합격

윤안지(尹安之, ?~?): 1349년 합격

이색(李穡, 1328~1396): 1353년 합격

　이들 가운데에는 한 번의 시도로 합격의 성취를 이루어
낸 경우도 있지만, 두세 차례 시도 끝에 원하던 바의 목적을 이
룬 경우도 있었다. 충숙왕 5년(1318, 원 인종 연우 5) 고려인으로
서는 최초로 제과에 합격한 안진과 충숙왕 11년(1324, 원 태정제
태정 1)에 합격한 안축, 그리고 이곡 등은 재수를, 충정왕 원년
(1349)에 합격한 윤안지는 삼수를 했음이 기록에 남아 있다.
　이들 가운데 안축과 안보는 형제간이며, 이곡과 이색은

부자간이라는 점도 눈길을 끈다. 원 제과에 합격하기까지의 과정 등에 대한 기록이 비교적 자세하게 남아 있기도 하고, 성적이 좋아 원 중앙에서 관직생활을 했던 이곡과 이색 부자의 사례는 제과 응시자들이, 혹은 제과 응시 및 합격을 희망했을 보다 많은 고려의 유생들이 어떻게 이를 준비했는지를 보여 줌과 동시에 제과에 급제했다는 사실이 개인에게 가져다주는 여러 변화를 보여 준다.

2) 제과에 급제하기까지, 제과에 급제하고 나니

　　　　이곡의 집안은 그 조부까지는 한산(현재의 충청남도 서천) 지역의 향리직을 세습하다가, 그 아버지가 국사순위 별장동정(國司巡衛 別將同正)이라는 무반 동정직을 얻었으니, 중앙의 관직과는 거리가 있었다.

　　　　이곡은 개경에 머물면서 시험을 준비해서 충숙왕 4년(1317), 국자감시에 합격하게 된다. 고려의 과거는 예비시험과 본시험으로 구성되는데, 국자감시는 예비시험에 해당한다. 이후 충숙왕 7년(1320)에 본시험인 예부시에 합격해 복주사록참군(福州司錄參軍)이 되었다. 이곡은 다시 원의 제과에 응시하고자 마음을 먹고 준비해서 충숙왕 13년(1326), 정동행성 향시에 합격하게 된다. 당시 그의 나이는 29세였다. 그 집안에서 처음으로 나온 과거 급제자가 연이어 원의 제과에 응시하기 위한 첫 관문인 정동행성 향시에 합격을 했으니, 그야말로 집안의 경사였을 것이다. 곧이어 이듬해 이곡은 원에 가서 회시에 응시했으나 낙방하고 만다.

한 차례의 낙방 후에도 포기하지 않고 다시 도전한 이곡은 충숙왕 후원년(1332)에 정동행성 향시에 1등으로 합격하고 이듬해 드디어 회시에 합격했다. 이어지는 전시에서 그의 등수는 한인·남인 제2갑 15명 중 제8명으로 정해졌고, 원의 정7품 관직인 승사랑 한림국사원검열관(承事郞 翰林國史院檢閱官)에 임명되었다.

이곡 이전에도 제과에 합격해 원의 관직을 받은 고려인들이 있었으나 그 등수가 높지는 않았고, 제수받은 관직도 주로 지방의 관직이었다. 이에 비해 이곡은 그가 쓴 답안에 대해 독권관(讀卷官), 즉 시험을 감독했던 관리들이 크게 칭찬했고 그 등수가 높았음이 『고려사』 열전에 기록되어 있다. 이에 그는 원 중앙에서 관직생활을 하게 되었으며, 그 결과 원 조정의 문인들과 지속적으로 교유할 수 있었다. 이곡 이후 그보다 더 높은 성적으로 제과에 합격하고 역시 중앙의 관직을 제수받을 수 있었던 고려인은 제2갑 제2명으로 합격하여 응봉 한림문자 승사랑 동지제고 겸 국사원편수관(應奉 翰林文字 承事郎 同知制誥 兼 國史院編修官)을 제수받은 이색, 즉 그의 아들이 유일하다.

두 번째 도전에서 소기의 성과를 거둔 이곡은 합격 이듬해인 충숙왕 후3년(1334, 원 혜종 원통 2), 원 황제의 사신으로 고려에 왔다. 그 이듬해 봄, 고려에서는 이곡을 종4품 관직인 봉선대부 시전의부령 직보문각(奉善大夫 試典儀副令 直寶文閣)의 직책에 임명했다. 이곡이 제과에 합격하기 전 고려에서의 관직이 정9품 예문검열(藝文檢閱)이었으니, 원 제과 급제를 계기로 4년 만에 9등급을 건너뛴 것이었다.

그의 아들 이색이 제과 응시를 준비하는 과정은 이색 자신의 유학생활을 보여 주는 한편으로, 이곡이 원에서 관직생활을 하면서 맺은 교유관계 등 제과 합격자의 원에서의 생활이 어떠했는지를 엿볼 수 있게 한다.

이색은 14세가 되던 충혜왕 후2년(1341)에 국자감시에 합격했고, 같은 해 부인 권씨와 혼인하게 된다. 권씨는 충선왕의 측근으로 권세를 누렸던 권한공의 장남 권중달(權仲達)의 딸로, 그 집안은 당대 최고 가문의 하나였다. 얼마간 과장이 있어 보이지만, 이후 권근(權近, 1352~1409)은 이색의 행장에서 이 혼인과 관련해, "지체가 높은 집안으로서 사위를 고르고 있던 이들이 모두 딸을 (이색에게) 시집보내고자 하여 혼인하는 날 저녁까지도 서로 다투었다"라고 기록했다.

이곡의 집안은 이곡 본인이 과거에 급제하기 전까지는 중앙에서 잘 알려지지 않은 집안이었다. 그럼에도 당대의 이름난 집안에서 그 아들인 이색을 사위로 맞고자 '다투기'까지 했던 데에는 이곡이 단지 과거 급제자가 아니라 원의 제과에 우수한 성적으로 급제해서 원의 관직을 받았다는 사실이 크게 작용했을 것이다.

아들 이색의 혼인을 보고 같은 해에 다시 원으로 돌아간 이곡은 충목왕 2년(1346)까지 6년간 원에서 관직생활을 하다가 귀국했다. 귀국한 이곡은 승진에 승진을 거듭해 관직이 종2품의 재상직인 정당문학(政堂文學)까지 이르렀다. 그러나 당시 정치도감(整治都監)의 개혁 활동과 그에 맞물린 기삼만(奇三萬) 옥사 사건 등으로 정국이 혼란스러운 가운데 이곡은 곧 원으로 돌아갔고, 곧이어 아들 이색을 원으로 오게 했다.

이색은 충목왕 4년(1348, 원 혜종 지정 8) 원의 국자감에 입학했다. 당시 원에서 유학하는 고려인들은 많았으나 원 국자감에 입학한 것은 이색이 처음이었는데, 이는 그가 '조관(朝官)', 즉 원 조정 관원의 아들이었기 때문에 가능한 것이었다. 고려의 유학생으로서는 최초로 원의 국자감에 입학할 수 있었던 이색이 우물 밖 세상을 경험하면서 느낀 감회는 다음의 글을 통해 잘 드러난다.

> 함께 글 읽던 동료들은 모두가 호걸이라,
> 광대한 학문 세계에 근원을 궁구했는데,
> 서로 보아서 착하게 연마해도 부족하고,
> 높이 날아 봤자 뱁새는 울을 넘을 뿐이었네.
> 때마침 중국 천자가 학교를 중히 여겨,
> 태학의 선비들이 한창 경전을 토론할 때,
> 동인으로 취학한 이는 매우 적었는지라,
> 조관의 자제는 어찌 그리 존귀했던고.
> 나는 선군이 봉훈의 반열에 오른 관계로,
> 전례에 따라 태학에 유학할 수 있었는데,
> 훌륭한 교화를 받은 지 한 해도 지나지 않아,
> 글 지으면 이따금 뛰어나단 칭찬 들었네.
>
> 이색, 『목은시고』 권17, 「독서처가(讀書處歌)」

    이색은 충정왕 2년(1350)에 귀국하기까지 대도에서 지내는 동안 많은 사람들과 교유했다. 그 면면은 당시 원 대도에 머물던 고려인들의 면면을 보여 주는 동시에 원에서 관직생활을 하는 고려인, 즉 이색의 아버지 이곡이 맺은 인간관계의 면면을 보여 주기도 한다.

우선 이색은 자신과 비슷한 혹은 여러 이유로 대도에 머물던 고려인들과 어울렸다. 그중에는 "대장부가 답답하게 한쪽 구석에만 처박혀 있다면 우물 안 개구리와 무엇이 다른가"라 하고 대도로 떠난 박중강(朴仲剛)이라는 인물이 있었는데, 그는 이색이 성균시, 즉 국자감시를 봤을 때 그 감독관이었던 김광재(金光載, 1294~1363)의 조카이기도 했다. 이색이 시를 지어 보낸 회당(檜堂) 역시 대도에서 유학생활을 하던 고려인이었다.

한편, 이색이 대도에서 만난 고려인 가운데에는 원에서 태어난 승려 법진(法珍)도 포함되어 있었다. 당시 원 대도에는 제과 급제를 희망하며 유학 중이던 고려인들도 많았지만, 구도(求道)를 위해 대도를 찾은 승려들도 적지 않았다. 그리고 이러한 고려 출신 승려들과 유학자들은 '고려인'이라는 공통분모를 바탕으로 타지에서 쉽게 가까워졌던 것으로 보인다.

경기도 의왕시 청계사 입구에 있는 「청계사 조정숙공 사당기비」는 이 시기 대도에 모여 있던 고려인들과 원 관료들의 교유관계를 보여 준다.

충렬왕 대 재상직을 맡았으며 그 딸이 충선왕의 왕비가 되기도 했던 조인규의 사당에 세워진 「청계사 조정숙공 사당

기비」의 비문은 이곡이 찬술한 것이다. 그리고 그 글씨는 왕수성(王守誠, 1296~1349)이라는 원의 관원이 썼다. 이곡은 자신이 이 비문을 찬술하게 된 경위를 다음과 같이 설명하고 있다.

이곡은 애초 지정 원년, 즉 충혜왕 후2년(1341)에 조인규의 아들 조련(趙璉, ?~1322)과 조카로부터 사당에 신도비를 세우고자 하니 글을 써 달라는 요청을 받았다고 한다. 그런데 이해에 이곡은 곧 원으로 돌아가서 6년을 머물게 되므로, 즉시 비문을 쓰지 못했다. 그러던 중 원에서 다시 조인규의 아들인 승려 의선(義旋)을 만나, 그의 부탁으로 기문을 찬술하게 되었다는 것이다.

　　　이 사연은 일단 고려인 승려 의선과 고려인 원 관료 이곡이 대도에서 만났음을 보여 준다. 그런데 한 가지 더 눈에 띄는 것은 이 비문의 글씨를 쓴 사람이 왕수성이라는 원의 관료라는 사실이다. 왕수성은 『원사』에 그의 열전이 실려 있는데, 중앙과 지방의 관직을 두루 역임했으며 『경세대전』을 편찬하고 『요사』·『금사』·『송사』를 편수했다고 하니, 정치적으로나 문인으로서나 명망이 높았던 인물이라 하겠다. 그가 「청계사 조정숙공 사당기비」의 글씨를 쓰게 된 경위를 분명하게 알 수는 없지만, 이런저런 가능성을 생각해 볼 수 있다.

　　　예컨대 마침 이곡이 원에서 비문을 짓게 되면서, 의선이 그 문장을 좋은 글씨로 써 줄 수 있는 사람까지 추천해 줄 것을 이곡에게 요청했고, 이곡이 그가 원에서 관직생활을 하면서 알게 된, 혹은 서로 잘 알지는 못했지만 명성은 들어 알고 있었던 왕수성에게 그 글씨를 써 줄 것을 요청했을 수 있다. 혹은 의선 본인이 원에서 생활하면서 맺은 인적 교류망을 활용해 왕수성에게 직접, 혹은 이곡이 아닌 다른 누군가를 통해 아버지 사당기의 글씨를 써 줄 것을 요청했을 수도 있다. 뒤에서 보겠지만, 의선은 원에서 매우 활발하게 활동했던 승려이다.

　　　이 사안과의 연관성을 직접적으로 확인하기는 어려

우나, 왕수성이 대도로 가는 친구 소천작에게 고려립(高麗笠),
즉 고려의 갓을 선물한 일을, 이들과 친분이 있던 진려(陳旅,
1287~1342)가 시를 지어 읊었음이 주목된다. 이 시에 담긴 일화
에서 눈길을 끄는 것은 우선 진려나 소천작이 이곡과 글을 주
고받았던 사이라는 점이다. 그렇다면 그들과 친분이 있던 왕수
성 역시 이곡과 교유했을 가능성도 없지 않다. 혹 둘 사이에 직
접적인 교유가 없었다면 이곡이 소천작이나 진려를 통해 왕수
성에게 사당기문의 글씨를 써 줄 것을 요청했을 수도 있을 것
이다.

　　다음으로 왕수성이 소천작에게 선물한 것이 하필 고려
의 갓이라는 사실이다. 이는 선물을 주고받은 왕수성과 소천작
등이 고려의 산물이나 고려의 문화에 친숙한 자들이었음을 이
야기해 주는 것일 수도 있고, 혹은 고려인들과 교유한 직접적
인 흔적을 찾기 어려운 왕수성과 같은 인물이 굳이 고려의 갓
을 친구에게 선물할 정도로 당시 원에서 고려의 산물이 유행하
고 있었음을 이야기해 주는 것일 수도 있다.

　　어떤 경로로 요청을 받은 것이든, 사당기비의 주인공인
조인규가 세조 쿠빌라이로부터 원의 관직인 가의대부 고려왕
부단사관(嘉議大夫 高麗王府斷事官) 및 만호에 임명된 바 있고, 그
아들들이 그 직책을 세습하고 있으며, 그 딸들이 강절행성 평

장 우마르 및 안길왕(安吉王) 야아길니(也兒吉尼) 등 몽골의 권세가 및 종실과 통혼을 하기도 했으니, 왕수성의 입장에서도 기문의 글씨를 써 줄 만한 상황이었을 것이다.

요컨대 「청계사 조정숙공 사당기비」 기문에 얽힌 일화는 당시 대도에서 고려 출신 관료 및 승려들이 폭넓은 교유관계를 형성하고 있었고, 이 교유관계는 단지 고려인들 사이에만 그치는 것이 아니라 원 현지의 관료들까지도 확장되었음을 보여 준다.

다시 이색의 이야기로 돌아와서, 그는 당연하게도 국자감에서 공부하면서 만나게 된 동사생 등과도 교유했고, 그들과 시를 주고받기도 했다. 이 외에도 그는 우문공량(宇文公諒), 성준(成遵, 1304~1359) 등 이곡의 동년들과도 왕래했는데, 특히 우문공량은 당시 국자감 학관으로 부임을 하면서 이색에게 역학(易學)을 가르치기도 했다. 아버지의 교유관계가 아들에까지 미친 것이다.

이후 학업을 마치기 전에 고려에 귀국하고 아버지 이곡이 사망을 하는 등의 우여곡절이 있었지만, 이색은 공민왕 2년(1353) 고려에서 과거에 응시해 장원으로 급제했고, 같은 해 정동행성 향시에 합격한 후 제과에 응시하기 위해 원으로 갔다. 그리고 이듬해인 공민왕 3년(1354) 회시에 합격하고 전시에서는 제2갑 제2명의 석차를 얻어 정7품 응봉 한림문자 승사랑 동지제고 겸 국사원편수관에 임명되었다. 아버지 이곡의 사례와 마찬가지로 당시 시험을 주관했던 독권관 두병이(杜秉彝)와 구양현(歐陽玄, 1273~1357)이 이색의 대책, 즉 답안을 크게 칭찬했다고 한다.

제과 합격 후 고려에 돌아온 이색은 통직랑 전리정랑 예문응교 지제교 겸 춘추관편수관(通直郎 典理正郎 藝文應教 知製教 兼春秋館編修官)에 임명되었다. 이는 정5품 관직으로, 제과에 급제하기 전 고려에서 과거에 급제해 정7품 관직을 받은 후, 1년 만에 4계단을 뛰어오른 것이었다. 그리고 다시 2개월 만에 왕부비체치에 임명되고 종4품 내서사인(內書舍人)으로 승진하게 된다. 어머니를 뵙기 위해 고향인 한산에 가면서 지은 시에서, 이색은 자신을 원의 한림학사이자 고려의 중서사인이라고 표현해 자신이 원의 관료인 것을 자랑스럽게 여기는 모습을 보여준다.

이후 공민왕 4년(1355) 원으로 간 이색은 원에서 관직생활을 시작하지만, 당시 원의 정세가 점차 혼란스러워지는 와중에 귀국을 결심했던 것으로 보인다. 잘 알다시피 이듬해에는 공민왕의 이른바 '반원 개혁'이 단행되고 이후 고려와 원의 관계는 이전과는 다른 면모들을 띠게 되면서 이색은 고려에서 주로 관직생활을 하게 된다. 이에 그 아버지와 같이 오랜 원의 관직생활을 통해 경험을 쌓을 수 있는 기회는 얻지 못하게 되었지만, 대신 그 아버지의 영향력으로 원에서 유학생활을 하면서 쌓은 경험은 이후 그가 고려에서 활동하는 데에, 그리고 고려 말의 정치적 변동 상황에서도 유학의 종장으로 자리매김하게 되는 데에 큰 밑받침이 되었다.

물론 이곡과 이색은 고려 출신 제과 급제자들 가운데에서도 특별한 사례일 수 있다. 그러나 이 부자의 사례는 당시 제과 응시와 합격을 희망했던, 혹은 반드시 제과 합격이 아니어도 보다 큰 세상에서 경험 쌓기를 희망했던 많은 고려 출신 유자들의 삶의 일단을 보여 준다. 몽골과의 관계 속에서 어쩔 수 없이 몽골로, 대도로 향했던 것이 아니라 자신의 꿈을 성취하고자 자발적으로 대도에 가서 그곳에서의 고생스러움도 감내했던 많은 고려인들에게 가능했던 가장 큰 성취의 과정과 이후의 모습을 보여 주는 사례인 것이다.

한편, 제과 급제자만 원의 문인들과 학문적 교유를 한 것은 아니다. 앞서 언급했듯 제과 급제자는 아니지만, 1310년대 이제현은 당시 카안인 인종과 각별한 관계에 있었던 충선왕의 부름으로 원에 가서 당대의 문인들과 교유하면서 그들에게 고려 문인의 존재를 인식시킬 수 있었다. 그런데 이제현이 원에서 당대의 문인들과 교유할 수 있었던 데에는 재위 기간 대부분을 원에서 보냈던 충선왕이 그를 불렀다는 특수한 요소가 중요하게 작용했다. 누구나 언제든, 마음먹는다고 해서 맞을 수 있는 기회는 아니었던 것이다.

그러나 아마도 이때 이제현과 원 문인들 간 학문적 교유와 충선왕의 정치적 역할이 어우러진 가운데 성사되었을 수 있는 원의 과거제 시행은 이후 이제현과 같은 특수한 계기가 없는 상황에서도 학문을 업으로 삼은 고려인들이 지속적으로 대도로 향할 수 있는 계기를 마련해 주었다. 그리고 이후 연이은 고려 출신 제과 급제자의 등장은 원 관료들 사이에 고려 출신 학인의 존재를 지속적으로 인지시킬 수 있지 않았을까 싶다. 물론 그 급제자들 가운데에는 지방의 관직에 머문 경우도 있지만, 1330~1340년대까지 활동했던 이곡, 그리고 그 아들 이색은 대도에서 관직생활 및 유학생활을 했으니, 이들을 매개로 하여 대도에서 유학생활을 하는 많은 고려인들이 원의 학자 및 관료들과 직간접적으로 교유할 수도 있었을 것이다.

이러한 양상은 위에 이야기했듯, 왕수성이 대도로 벼슬살이하러 가는 친구 소천작에게 굳이 고려립, 즉 고려의 갓을 선물한 시대적 배경이기도 하며, 나아가 원 말기 한인들의 문집에 주로는 궁녀들과 관련한 고려양을 언급하면서도 남성들,

관직자들 사이에 유행했던 고려양도 함께 언급되었던 하나의 배경이지 않을까? 물론, 당시 원 대도에는 제과를 염두에 두고 유학 중이던 고려인 남성들 외에도 다양한 이유로 대도에 머무는 고려인 남성들이 있었지만 말이다.

2. 신앙은 국경을 넘어

1) 깨달음을 얻기 위해서

_____배움과 성취를 위해 국경을 넘었던 고려인들 가운데에
는 승려들도 있었다. 승려들이 부처의 가르침에 담긴 진리, 즉
법(法)을 구하기 위해 중국에 들어갔던 사례는 몽골과의 관계
이전에도 있었다. 원효대사(元曉大師, 617~686)가 해골의 물을 마
시고 깨달음을 얻기 전까지 중국 유학을 준비했던 사실이나,
그와 함께 중국 유학을 준비하다가 홀로 중국으로 건너간 신
라의 대표적 승려 의상(義湘, 625~702)의 이야기는 너무나 유명하
다. 또한 신라에서 고려로의 사회 전환 과정에서 사상적으로

중요한 역할을 했던 선종 불교 역시 이 시기 중국으로 구도의 길에 올랐던 구법승들에 의해 도입된 것이었다. 이러한 흐름은 고려 전기에도 당분간 지속되었으며, 원과의 관계 속에서도 그 양상은 달라지지만 구법을 위해 승려들이 원으로 향한다는 큰 흐름은 지속되었다.

구법을 위한 승려들의 중국행은 중국에서 유행하는 선진적인 불교 경전과 교리 수용을 위한 것이었다. 당시 대도를 중심으로 원에서 정치적으로나 사회적으로 큰 영향력을 행사하고 있었던 것은 불교 가운데에서도 티베트 불교, 즉 라마교였다. 그러나 고려 승려들의 구법 대상이 되었던 것은 송대 이래 성행했던 강남의 선종, 그 가운데서도 13세기 후반 이래 강남 불교의 주도권을 장악하고 있던 임제종(臨濟宗)이었다.

그 가운데, 고려의 구법승들은 몽산덕이(蒙山德異, 1231~1308?) 및 그 제자 철산소경(鐵山紹瓊)과 접촉했는데, 몽산덕이와 철산소경은 고려의 승려들 외에도 고려 왕실 인물 및 고위 관료 등과 교유하게 되었다. 이후 고려 선종의 대표격인 가지산문의 혼구(混丘, 1251~1322)와 수선사의 만항(萬恒, 1249~1319) 등이 몽산덕이 계통의 임제종을 수용하면서, 임제종은 단기간에 고려 불교계에 대대적으로 확산되었다.

한편, 구법을 위해 원으로 향하는 고려의 승려들이 많아지게 된 데에는 선승들이 깨달음을 완성하기 위해서는 자신들의 깨달음을 종사(宗師)로부터 직접 인가(認可)받는 행위가 필수적인 조건이 되었다는 점도 한몫했다. 이는 몽산덕이가 주창한 것으로, 이전의 지눌(知訥, 1158~1210)과 같은 승려들이 깨달음을 얻기 위해 스승으로부터 직접 전수를 받는 것보다는 경론이나 어록을 통하는 방식의 간화선(看話禪)을 강조했던 것과는 차이를 보인다. 어찌되었든 이렇게 원으로 간 고려의 승려들은 주로 강남 임제종의 대표적 인물인 고봉원묘(高峰原妙, 1238~1295)의 제자 중봉명본(中峰明本, 1263~1323) 및 임제종 18대 법손(法孫)인 석옥청공(石屋清珙, 1272~1352), 그리고 서역승 지공(指空, ?~1363)으로부터 인가를 받았다.

    이렇게 법을 구하기 위해 원으로 갔던 고려의 승려들 가운데 대표적인 사례가 유명한 태고보우(太古普愚, 1301~1382)이다. 그는 충혜왕 복위년(1339)에 깨달음을 얻었다고 하는데, 이후 계속해서 수도를 하다가 46세가 되던 충목왕 2년(1346)에 원으로 유학을 떠나 석옥청공을 만나 인가를 받았다. 그 명성이 대도에까지 알려져, 혜종 토곤테무르가 그를 초청해 법회를 열었으며, 이 자리에는 기황후와 그 아들 황태자 아유르시리다라도 참석했다. 이후 태고보우는 고려로 돌아와 공민왕이 불교교단을 정비하는 과정에서 중요한 역할을 담당하게 된다.

비슷한 시기인 충목왕 3년(1347), 28세의 나옹혜근(懶翁惠勤, 1320~1376)은 대도에 도착해 지공을 만나 그의 지도를 받으며 4년여를 지내다가 이후 원에서 여러 곳을 유람하며 유명한 선사들을 만나 법을 구했다. 공민왕 4년(1355)에는 혜종의 명으로 대도에 소재한 광제사(廣濟寺)에 주지로 머물다가 공민왕 7년(1358), 원으로 유학간 지 10여 년 만에 고려로 돌아와서 공부선(功夫選)의 감독관이 되었다. 고려의 과거제도에는 승려들을 위한 승과가 있었는데, 당시 공민왕이 지켜보는 가운데 나옹혜근이 승려들을 시험하고 평가했던 것으로, 그의 승려로서의 학식과 명망이 인정받고 있었음을 보여 준다. 그는 이후 회암사 주지 등으로 활동했다.

태고보우와 나옹혜근이 원 유학 후 고려로 돌아와 주로 고려에서 많은 활동을 했던 것에 비해, 의선은 원으로 갔다가 명성을 떨쳐 원과 고려를 오가며 활발한 활동을 했던 인물이다. 의선은 앞서 「청계사 조정숙공 사당기비」의 이야기에서 등장했던, 충렬·충선왕 대 권세가 조인규의 아들이다.

의선은 고려에서 승려로 활동하다가 1320년대 중반 원으로 가게 되는데, 그 배경은 분명하지 않다. 어찌되었든 원으로 간 의선은 황제의 총애를 받아 정혜원통지견무애삼장법사(定慧圓通知見無碍三藏法師)라는 법호를 특별히 하사받고 대도의 사찰인 천원연성사(天源延聖寺) 주지가 되었다. 천원연성사는 원래 이름이 노사사(盧師寺)인데, 원 태정제 태정 3년(1326, 고려 충숙왕 13)에 태정제 이순테무르가 그 아버지의 영정을 모실 건물을 여기에 지으면서 천원연성사라는 이름을 내려 주었고, 이후 황제들이 자주 행차하고 불사를 행한 거찰이 되었다. 이에 고려에서도 의선을 복국우세정명보조현오대사 삼중대광 자은군(福國祐世靜明普照玄悟大師 三重大匡 慈恩君)에 봉하고 영원사(瑩原寺) 주지를 겸하게 했다고 한다. 고려와 원의 사찰 주지를 겸하게 된 것이다.

이후 그는 대보은광교사(大報恩光校寺)의 주지로 초빙되었는데, 이 사찰은 충선왕이 왕위에서 물러나 원 대도에 머물면서 대도에 지은 사찰이다. 충선왕 사후 황폐해 있던 것을 충숙왕이 아버지의 유언에 따라 의선에게 주지를 맡게 한 것이다. 의선은 당시 원 제과에 합격해 대도에 머물던 이곡에게 그 사찰의 기문 작성을 부탁했다.

충숙왕 후5년(1336)에는 원 황제가 내리는 향을 받들고 고려에 와서 충숙왕에게 진언해 왕실의 원찰인 묘련사를 다시 짓고 확장할 것을 요청했다. 묘련사 중수가 완성된 후 의선은 법당의 편액 글씨를 직접 금으로 썼다고 한다.

이처럼 고려 후기의 승려들은 이전 시기와 마찬가지로

깨달음을 얻기 위해 원으로 갔으며, 이들 가운데에는 원 황실의 지원을 받으며 원에서 주지가 되거나 사찰의 창건과 중수에 참여하고 법회를 개최하는 등 활발한 활동을 하는 경우도 다수 있었다. 이들은 원에서의 경험과 명성 및 원과 고려를 아우르며 형성했던 교유관계를 바탕으로 고려에 돌아와서도 예우를 받으며 활발하게 활동했고, 혹은 고려와 원을 오가면서 활동했다.

2) 황제의 부름을 받고

      몽골과의 관계 속에서, 고려의 승려들은 이전 시기와 달리 구법이라는 목적 이외의 사유로 국경을 넘기도 했다. 그 가운데 하나가 원 황제의 부름을 받아서 원으로 가게 된 경우이다. 여기에는 우선 사경승들이 포함된다. 원에서는 불경을 필사하는 행위, 즉 사경을 위한 승려들을 보내 줄 것을 고려에 요구했다. 특히 충렬왕 대에 이러한 요구가 집중되어, 충렬왕 대에만 3차례에 걸쳐 100명 이상의 사경승들이 원으로 들어갔다.

      사경승들은 대개 사경을 마치면 귀국했지만, 대도에 1년 이상 머물면서 사경 활동을 했기에 그곳에서 인맥을 쌓을 수 있었을 것이며, 충렬왕 16년(1290)에 사경승 100명을 인솔했던 승려 혜영(惠永)은 세조의 치하를 받으며 설법을 행하기도 했다. 또한 이러한 사경승들은 수적인 면에서는 원으로 간 고려 출신 승려들의 절대 다수를 차지하고 있다는 점에서도 눈길을 끈다.

사경이라고 하는 원 조정의 필요에 의한 부름도 있었지만, 계율을 잘 실천하고 수행하는 고려의 승려를 초빙하는 경우도 있었다.

무종 황제가 불교에 귀의하여 숭봉하면서 **도성 남쪽에 범찰(梵刹)을 기공**했다. 인종 황제가 그 뒤를 이어 공사를 마무리해서, 황경(皇慶) 원년(1312, 충선왕 4)에 준공했다. 이에 여러 지역의 이름난 승려들에게 명해, 그해 겨울부터 법당을 열고 설법하게 했다. **고려 유가종(瑜伽宗)의 교사(教師) 원공(圓公)이 그 문도를 거느리고 이 사원에 들어와 머물면서 29년 동안 주석하다가** 지원 경진년(1340, 충혜왕 후원년) 2월 18일에 무휴당(無虧堂)에서 입적했다.

이곡, 『동문선』 권118,

「대숭은복원사고려제일대사원공비

(大崇恩福元寺高麗第一代師圓公碑)」

위의 기록은 이곡이 지은 「대숭은복원사고려제일대사
원공비」의 일부이다. 여기에는 '고려 유가종 교사 원공'이 원
도성 남쪽에 있는 사찰에서 문도를 거느리고 무려 29년을 주석
하다가 그곳에서 입적했다는 내용이 실려 있다. 더욱이 그 사
찰은 원 황제, 즉 카안이 지은 사찰이었고, '고려 유가종 교사
원공'이 그곳에 주석했던 것도 카안의 명에 따른 것이었다.

　　여기에 보이는 '고려 유가종 교사 원공'은 곧 해원(海圓,
1262~1330)으로, 그는 충렬왕 20년(1294)에 고려에서 승과에 급제
한 후 불주사에 주지로 있던 중, 충렬왕 31년(1305, 원 성종 대덕 9)
에 세조 쿠빌라이의 손자이자 당시 카안 성종 테무르와는 사촌
지간이었던 안서왕 아난다가 고려 승려의 계행이 높다는 이야
기를 듣고 성종 테무르에게 청해 고려의 승려를 초빙하고자 하
므로, 그에 응해 원으로 갔다고 한다. 이후 2년 정도를 안서왕
의 영지에서 지내다가, 무종 카이샨이 즉위한 해(1307), 그의 명
으로 문도들을 거느리고 대도로 와서 봄가을로 대도와 상도를
오가는 어가를 호종하게 되었다. 위 인용문은 그 이후, 인종 아
유르바르와다가 카안위를 계승하고 무종이 시작했던 대숭은
복원사 건설을 완성한 후, 해원으로 하여금 그곳에 주석하며
설법을 하도록 했음을 전하고 있다.

　　대숭은복원사는 카안의 명에 따라 도성 부근에 지어진

사찰로, 몽골 황족의 초상을 봉안한 전각이 세워져 있었으며, 카안의 권위에 직결된 사원이었다. 이러한 사원의 초대 주지를 맡아 무려 29년을 주지로 있었으니, 그에 대한 원 황실의 총애와 예우가 대단했음을 알 수 있다. 이에 충숙왕 15년(1328), 충숙왕이 그를 고려의 금산사 주지로 보내 줄 것을 청하는 한편으로 혜감원명변조무애국일대사(慧鑑圓明遍照無碍國一大師)라는 법호를 하사하고 중대광우세군(重大匡祐世君)으로 봉하는 등 예우했다고 한다.

해원은 자신의 문도들과 함께 원 대도의 중심 사찰에서 주지로 지낸 기간이 길었기에 대도를 드나드는 고려인들과도 교유관계를 갖고 있었다. 이러한 점은 이곡이 앞의 비문을 쓰게 된 동기에서도 드러난다. 해원이 입적하고 5년이 지나, 그의 문도 30여 명이 해원의 부도를 만들고 비를 세우고자 하면서 이곡에게 비문을 지어 줄 것을 요청했다. 이곡은 이를 승낙한 배경으로, 자신과 해원, 그리고 그 문도들 간의 인연을 비문에 다음과 같이 기록했다.

> 내가 과거에 그들 사제(師弟) 사이에서 어울려 노닌 인연을 가지고 있으니, 어찌 감히 이를 승낙하여 비명(碑銘)을 쓰지 않을 수 있겠는가. … 내가 원통 계유년(1333, 충

숙왕 후2)에 과거에 응시하러 경사에 와서 공의 별원(別院)
인 보은(報恩)의 승방에 우거했으므로 공에 대해서는 잘
알고 있는 터이다.

물론 위의 이야기는 이곡의 개인적 경험이지만, 이는 원
에서 예우를 받으며 황실 원찰의 주지로 장기간 대도에 머물던
해원과 그를 따르던 문도들이 당시 여러 가지 이유로 원 대도
를 찾았던 고려인들에게 거처를 제공하는 등, 그들이 낯선 대
도 생활에 적응할 수 있도록 여러 지원을 했을 것임을 충분히
짐작할 수 있게 한다.

3) 나와 우리의 사찰을 위해

_____이 시기 고려의 승려들은 자신이 속한 사찰의 이해관계
속에서 원 황실과 접촉하거나 혹은 개인적인 루트로 원에 들어
가기도 했다.

원종 15년(1274, 원 세조 지원 11), 수선사 주지 충지(冲止,
1226~1293)는 수선사의 토지에 부과된 세금을 면제해 달라는 표
문을 세조 쿠빌라이에게 올렸다. 당시 쿠빌라이는 탐라총관부

를 두어 고려의 토지 및 노비에 대한 문서를 관리하게 하면서 수선사의 토지에 군량미 명목의 세금을 부과했다. 이제껏 세금을 면제받아 왔던 토지에 새롭게 세금이 부과되자, 이를 면제해 줄 것을 요청하는 표문을 작성한 것이다. 이 요청이 허가를 받자, 충지는 다시 이에 대한 감사 표문을 올리면서 수선사를 원 황실의 원찰로 삼아 줄 것을 요청하고 원 황실을 위한 불교 의식을 치르기도 했다.

이러한 가운데, 세조 쿠빌라이는 충렬왕 원년(1275)에 충지를 원으로 초청했고, 충지는 원으로 가서 예우를 받고 귀국했다. 이는 형식적으로는 황제의 부름을 받고 원에 들어갔던 사례이지만, 그러한 부름은 상당 부분 충지가 자신의 사찰에 대한 면세를 위해, 또 아마도 사찰 및 자신의 입지를 높이기 위해 원 황제 및 황실을 대상으로 '구애'를 한 결과이기도 했다. 충지가 귀국하자, 충렬왕은 그에게 선종 승려에 대한 최고 승계인 대선사(大禪師) 승계를 내렸다.

금강산 장안사(長安寺)는 충혜왕 후4년(1343, 원 혜종 지정 3), 원의 기황후가 연이어 거금을 시주해 중수하게 하고 또 사찰의 경비로 사용하게 하면서, 자신의 남편 혜종 토곤테무르와 아들 황태자 아유르시리다라를 위해 복을 빌도록 한 사찰로 유명하다. 기황후가 고려 출신이니 고려의 사찰들에 대해 잘 알아서 그 가운데 하나의 사찰을 선정해 시주했을 것으로 생각할 수도 있지만, 사실 기황후가 장안사 중수에 거액을 시주하기까지에는 사찰 중수를 주도했던 승려 굉변(宏卞)의 노력이 있었다.

장안사는 6세기 신라시대에 만들어졌다가 이후 여러 차례 중수를 거쳤는데, 굉변이 당시 퇴락해 있던 사찰을 보고 뜻을 같이하는 자들과 함께 그 중수를 추진했다. 국내에서 시주를 받고 인원을 모아 중수를 추진했지만 그 비용이 부족해 난관에 부딪히자, 굉변은 시주자를 구하기 위해 대도로 향했다. 이 사실이 기황후에게 알려지고, 고려 출신 환관인 자정원사 고용보가 힘써 기황후의 통 큰 시주가 이루어졌다.

사찰 중건 비용이 부족한 상황에서 굉변이 대도에서 해결책을 찾고자 했던 것은 아무런 경험 정보가 없이 행해진 것은 아니었다. 굉변이 활동했던 충혜왕 복위기 이전, 충숙왕 14년(1327)에 세워진 「문수사장경비」는 원의 황실이 고려 사찰의 시주자가 될 수 있음을 잘 보여 준다. 당시 태정제의 황후는 문수사에 불교 서적 한 벌을 보내고 10,000금을 시주하면서, 황태자 및 황자들의 복을 빌게 하고 매년 그들이 태어난 날에 불사를 행하도록 했다. 그리고 이 내용을 기록한 비석을 세워 매년 동일한 일을 기억해 행할 수 있도록 했는데, 이에 따라 세워진 비가 「문수사장경비」이다. 그 비문은 이제현이 지었다.

즉, 원 황실에서 복을 빌기 위해 고려의 사찰에 거금을 시주한 사례는 이전에도 있었기에, 굉변은 장안사 중수에도 그러한 일이 있기를 기대하며 대도로 향했던 것이다. 그리고 그러한 굉변의 바람이 성과를 거둘 수 있었던 것은 아마도 당시 대도에 있던 많은 고려인들 사이에서, 나아가 그들을 매개로 한 원 조정 인사들까지 아우르는 인적 관계 속에서 굉변의 이야기가 기황후에게까지 전해질 수 있었기 때문이었을 것이다. 여기에서 고려 출신 환관 고용보의 역할도 빼놓을 수 없겠다.

이처럼 승려들이 사찰 중수 비용을 마련하기 위해 원 대도에 이르러 그곳에서의 인적 관계를 활용했던 사례는 굉변 이후에도 있었다. 공민왕 대 후반 홍건적의 난으로 보개산 지장사가 훼손되자, 승려 자혜(慈惠)는 사찰을 중수하는 데에 필요한 비용을 구하기 위해 역시 원 대도로 향했다. 그곳에서 여러 고관들에게 비용을 요청하니, 그 소식이 중궁에 전해져 내탕금을 시주받아 사찰 중수를 진행할 수 있었다고 한다.

자혜가 만난 원 대도의 고관들이 어떤 인물들인지는 알수 없다. 그러나 전혀 일면식도 없는 사람들에게 뜬금없이 사찰 중수 비용을 요청하기는 어려웠을 것이니, 이들은 자혜와 이미 친분이 있는 자들이었거나, 혹은 그 자신이나 친인척이 고려와 연관이 있어 고려라는 공통분모를 갖고 있는 자들이었을 수 있다.

　나아가 자혜는 그가 사찰 중수를 위해 비용을 마련하고 성사시킨 과정을 기록한 비를 세우고자 하여, 원의 학자이자 관료인 임천(臨川) 위소(危素, 1303~1372)에게 비문을 지어 줄 것을 부탁했다고 한다. 뒤에서 보겠지만 위소는 앞에 나온 금강산 장안사 중수를 주도했던 굉변과도 친분이 있었고, 이 외 이색 등 고려의 문인들과도 친분이 있었으니, 자혜와도 친분이 있었을 수 있다. 혹은 건너건너 소개를 받은 것일 수도 있겠다.

　한편, 지금은 실물이 전하지 않는 「지장사중수비」뿐 아니라, 현재 국립부여박물관에 소장되어 있는 「보광사지 대보광선사비(普光寺址 大普光禪寺碑)」의 비문도 위소의 글이다. 공민왕 7년(1358)에 세워진 이 비는 보광선사(普光禪寺), 즉 보광사를 중창한 과정과 그 과정에서 중요한 역할을 했던 원명국사(圓明國師) 충감(沖鑑, 1275~1339)의 행적을 기록한 사찰비이다. 그 비문은 당시 원의 국자감승(國子監丞)이었던 위소가, 비문의 글씨는 원의 비서랑(秘書郎) 게괴(揭汯, 1304~1373)이, 비액, 즉 비석 제목의 글씨는 원의 숭문태감 겸 검교서적사(崇文太監 兼 檢校書籍事) 주백기(周伯琦, 1298~1369)가 썼다. 즉, 고려 사찰비의 글을 짓고 글씨를 쓴 사람이 모두 원의 관료인 셈이다.

부여 「보광사지 대보광선사비(普光寺址 大普光禪寺碑)」, 국립부여박물관 소장.
문화재청 국가문화유산포털 웹사이트(https://www.heritage.go.kr/heri/idx/index.do)에서 전재.
보광사(普光寺) 중창을 기념해 건립한 사찰비.
중창을 주도한 원명국사 충감의 행적 및 중창 과정이 기록되어 있다.
비문의 찬자(撰者), 서자(書者), 전액의 글씨를 쓴 사람이 모두 원의 문인이다.

      고려에서는 보통 생전, 혹은 사후에 국사나 왕사로 책
봉된 고승이 입적한 후 그 문도들이 세우는 고승비는 왕명으
로 비를 세우고 그 비문을 찬술하는 것이 일반적이었다. 이는
국왕이 책봉하는 국사나 왕사에 대한 예우이기도 하며, 비문의
내용이 고승의 문인들 및 사찰의 권익과 관련된 내용인 경우가
많아 이를 왕명으로 공인받는다는 의미를 가진 것이기도 했다.
      충감 역시 사후에 국사로 책봉되었기에 그의 공적을 기

리는 동시에 그 문도들의 이해관계를 반영하는 비는 고승비의 형태를 취해 왕명으로 세울 수 있었다. 그러나 충감은 자신을 위한 비를 세우지 말 것을 유언으로 남겼고, 이에 그의 문도들은 사찰비의 형식으로 비를 세울 수밖에 없었을 것이다. 사찰비 역시 국왕이나 왕실과 관련된 사찰의 경우에는 왕명으로 세우기도 했지만, 보광사는 그러한 사례는 아니었다. 이러한 상황에서 아마도 원명국사 충감의 문도들은 고려 국왕의 왕명 못지않은 권위 혹은 특별함을 '보광사비'에 부여할 수 있는 방안을 그 찬자와 서자의 구성에서 찾았던 것이 아닌가 한다. 혹은 충감이 원에 유학을 하며 철산소경과 교류했으니, 그러한 연유에서 원의 문인들에게 비문의 글과 글씨를 부탁한 것이었을 수도 있겠다.

이유가 어찌되었든, 원명국사의 문도들이 원의 관료들에게 보광사비의 글과 글씨를 부탁했던 사실은 몽골과의 관계라는 환경 속에 있었던 고려 사회의 모습을 보여 주는 동시에 고려 말의 시대상을 이해하는 데에 시사점을 제공한다. 먼저 이 비의 제작에 참여했던 원 문인들에 대해 살펴보도록 하자.

위소가 이 비의 비문을 쓰게 된 것은 충감의 제자로서 당시 선원사 주지였던 굉변이 원에 가서 위소에게 부탁해 이루어진 것이었다고 한다. 앞서 장안사 이야기에 나왔던 바로 그

굉변이다. 위소가 쓴 비문을 단아한 글씨로 옮긴 게굉은 원의 국사원편수관(國史院編修官), 한림원시강학사(翰林院侍講學士) 등을 지낸 게혜사(揭傒斯, 1274~1344)의 아들이며, 충숙왕 대에 고려 정동행성 이문(理問)을 역임했던 게이충(揭以忠)의 조카이기도 하다. 게굉의 아버지 게혜사는 비파 연주를 잘해서 세조의 총애를 받았다는 이궁인(李宮人)에게 증여한 시문을 짓기도 했는데, 이궁인의 출신은 분명하지 않지만, 고려 출신으로 보기도 한다.

전액의 글씨를 쓴 주백기는 고려와의 직접적인 연관성이 보이지는 않지만, 정동행성 유학제거를 역임했던 주덕윤과 절친한 사이였다고 한다. 주덕윤은 원의 학자로, 충선왕이 왕위에서 물러나 강남을 순행할 때 그를 수행하면서 이제현, 권한공 등과 친분을 쌓았던 인물이다.

요컨대, 위소는 그 자신이 고려의 승려나 문인들과 활발한 교유를 했던 인물이며, 게굉과 주백기는 그들이 직접적으로 고려 혹은 고려 출신 문인이나 승려들과 관계를 맺었는지의 여부를 확인할 수는 없으나, 주변의 가까운 사람들 가운데 고려와 관련된 인물이 있었다. 그리고 이들은 아마도 그러한 인연으로 보광선사비의 제작에 참여하게 되었을 수 있다. 원의 문인들과 고려 출신 문인 및 승려들의 관계가 매우 긴밀하고 광

범하게 엮여 있었음을 보여 준다.

원과의 관계 속에서 고려의 승려들 또한 다른 이들과 마찬가지로 개인의 성취를 위해, 혹은 자신이 속한 집단의 이해 관계 속에서 끊임없이 원을 드나들었다. 그들에게도 대도는 많은 것을 가능하게 해 주는 곳이었다.

3. 세계 교역의 시대, 『노걸대』와 『박통사』

1) 『노걸대』, 키타이인과 함께한 고려 상인 이야기

중국 상인

당신들은 대도에 와서 물품을 팔고 나면 다시 솜이나 비단을 구입해 서울에 돌아가서 파는데, 그 전후에 얼마나 걸렸는가?

고려 상인

작년 정월에 말과 옷감을 갖고 대도에 와서 팔았으며, 5월에는 고당(高唐)에 가서 솜과 명주를 샀고, 다시 직고(直沽, 지금의 톈진)에 가서 배를 타고 바다를 건너 10월에는 개경에 도착했습니다. 연말까지 물건을 모두 팔고, 또 이 말과 옷감을 사서 여기에 온 것입니다.

『원본 노걸대』 제10화

_____연초에서 연말까지, 일 년 내내 고려와 중국을 오가는 위의 일정은 『노걸대』에 등장하는 고려 상인이 소화하는 일정이다. 위 대화는 고려 상인이 고려의 수도인 개경에서 대도로 가는 길에 만난 중국 상인과의 대화이니, 이 상인은 대도로 갈 때는 말과 옷감을 가지고 요동 지역을 거치는 육로를 이용했음을 알 수 있다. 중국에서는 대도에서 물건을 팔고 나서 고려에 가지고 가서 팔 비단 및 각종 잡화를 구입하기 위해 고당 혹은 제녕부(濟寧府), 동창(東昌) 등에 들르기도 했다.

『노걸대』는 그와 짝을 이루는 『박통사』와 함께 고려 말에 만들어져 조선시대에도 활용되었던 한어(漢語) 학습교재이다. 한어는 원대에 사용되었던 구어체 중국어인데, 북방 민족의 언어, 특히 몽골어의 영향을 받아 많은 변형이 이루어졌다. '노걸대(老乞大)'는 중국인을 가리키는 '키타이(Kitai)'라는 말의 발음을 한자로 표기한 '걸대(乞大)'에 상대방을 높이는 의미로 사용하는 '노(老)'를 붙인 것으로, 작중 주인공인 고려 상인이 중국으로 무역하러 가는 도중에 만나 여정을 함께하면서 정보를 주

고발는 중국 상인을 가리킨다. '박통사'는 박씨 성을 가진 통사,
즉 통역관이라는 의미이다.

중국 상인

그대는 고려인인데, 한어 서책 따위를 공부해서 무엇을
하려는가?

고려 상인

지금 조정이 천하를 통일했고 세상에서 통용되고 있는
것은 한어입니다. 우리 고려의 말은 단지 고려 땅에서만
사용되는 것이고, 의주(義州)를 지나 한인들의 땅에 들
어오면 모두 한어를 사용합니다. (중국에서) 누가 물었는
데 한마디도 말을 못하면 남들이 우리를 어떻게 보겠습
니까?

중국 상인

그대가 이렇게 한인의 글을 공부하게 된 것은 자기 스스
로 한 것인가, 아니면 부모님이 시켜서 공부한 것인가?

고려 상인

부모님께서 나에게 공부하라고 하신 것입니다.

『원본 노걸대』 제4화

고려 말에 이러한 한어 학습교재가 만들어진 배경과 관련해서는, 『노걸대』에 실려 있는 위의 대화가 참고된다. 즉, 한어는 통일된 천하에서 통용되는 언어이기 때문에 고려 사람들도 이를 사용할 줄 알아야 한다는 것인데, 그러한 한어를 사용하지 못하는 것이 흠이 될 수도 있다는 인식은 당시 고려인들이 고려 말만 사용하면 되는 고려 땅을 벗어나 한어가 통용되는 중국으로 가는 일이 적지 않았고, 또 그렇게 중국으로 가는 고려인들이 기초적인 한어를 익히는 것은 기본적인 것이라는 인식이 있었음을 보여 준다.

『노걸대』와 『박통사』는 각기 초급 및 중·고급 한어 교재인데, 초급 교재인 『노걸대』는 그 내용을 고려에서 중국으로 가는 상인들이 알아야 할 기본적이고 실용적인 정보들로 구성하고 있다. 예를 들자면, 교역을 위한 여정, 매매 물품 및 시세, 계약 방식, 숙박과 같은 기본적인 정보부터 도적을 만나거나 노숙을 해야 하는 상황, 사기를 당한 상황 등 돌발적인 상황 및 고려 사람들에게는 익숙하지 않은 고기 요리법에 이르기까지.

초급 한어 교재의 이와 같은 내용 구성은 당시 초보적인 한어를 필요로 했던 주된 수요층이 고려와 중국을 오가는 상인들이었음을 보여 준다. 이에 비해 한 단계 높은 중·고급 교재인 『박통사』는 중국의 세시풍속이나 오락, 혼속, 종교 등 생활

문화와 관련된 내용을 비롯해 전세 계약서나 소송 서류 작성법과 같이 대도 생활에 필요한 정보를 담고 있다. 장기간 체류하는 데에 필요한 정보로 한어 교재를 구성한 것이다.

물론 『노걸대』와 『박통사』는 어학 교재이니, 그에 실린 내용들이 있는 그대로 '역사적 사실'인 것은 아니다. 그러나 굳이 사실이 아닌 정보를 담는다는 것도 어불성설이니, 여기에 실린 여러 정보들은 역사적 사실은 아니되 당시의 정보들을 전하고 있다고 봐야 할 것이다. 『노걸대』의 고려 상인이 중국에 가지고 가서 판매했다는 고려의 수출품인 모시, 인삼, 말은 실제 고려의 대표적 수출품이었고, 그가 중국에서 구입해서 고려에 들어와 판매한 견직물, 즉 비단 역시 당시 대표적인 수입품이었다.

당시 많은 고려 상인들이 무역을 위해 국경을 넘었음은 『고려사』의 기록을 통해서도 알 수 있다. 충렬왕 22년(1296), 홍자번은 왕에게 많은 상인들이 소와 말을 국외로 유출시키는 상황에 대한 우려를 표하고 이를 금지할 것을 요청했다. 그가 왕에게 진술한 '편민십팔사(便民十八事)', 즉 '민을 편안하게 할 18가지 일' 가운데 하나였다.

국내의 소와 말이 해외로 유출되고 있는 상황이 민생을 어지럽힐 만큼 문제가 되고 있으며, 그러한 유출의 주체가 상인들이라는 사실은 당시 고려의 민간 상인들이 담당했던 말 무역의 규모를 짐작하게 한다. 『노걸대』에 등장하는 30개가 넘는 말의 품종에 대한 정보 및 말 판매 과정과 관련한 상세한 정보들은 당시의 말 무역 상황과 밀접한 관계가 있다고 봐야 할 것이다.

이러한 상인들은 한 지역에서 장기간 상주하면서 그 지역에 정착한 사람들은 아니다. 『노걸대』의 주인공처럼 1년을 주기로 고려에서 중국 내륙까지를 오가며 상행위를 했던 자들이다. 그러나 이들은 고려와 중국 내륙의 구체적인 '물건들'을 운반하며, 그러한 물건들을 매매해 이윤을 취하기 위해 현지에 보다 적극적으로 적응하며 생활했던 자들이었다. 그렇기에 현지인에게 보다 친숙하게 다가가고 동시에 어수룩하게 보이지 않기 위한 기본적인 회화 실력도 필수적이었을 것이다.

또한 주기적으로 비슷한 경로를 오고 가다 보니, 그 현지인들에게 고려 상인들은 일정한 시기에 이국의 '물건들'과 함께 이르는 사람들로 인식되어 있었을 것이다. 물론 상인 개인별로는 해마다 조금씩 다른 경로를 선택할 수 있겠지만 포괄적인 고려 상인들이 취하는 경로는 크게 보아 유사했을 것이니, 현지인들의 입장에서는 해마다 일정한 시기가 되면 고려의 물건을 가진 고려 상인들이 왔을 것이다. 작년과 다른 사람일 수는 있지만.

　이들이 『노걸대』의 상인처럼 사기를 당하기도 하고 노숙을 하기도 하는 힘들고 긴 여정을 마다하지 않았던 것은 보다 많은 이윤을 창출하고자 하는 욕구로부터 비롯되었다. 이들이 무역을 통해 어느 정도의 이윤을 취했는지를 『노걸대』에 등장하는 고려 상인의 사례를 통해 추정해 보자면, 고려 상인들은 고려의 물자를 원에 수출해 1/3 정도의 차익을 얻고, 다시 중국 물자를 수입해 고려에서 두 배 이상의 가격으로 판매함으로써 대략 100%의 이익을 거두었던 것으로 추정해 볼 수 있다.

　고려에서 대도로 가는 고려 상인을 주인공으로 한 한어 교재가 등장할 정도로 많은 고려 상인들이 원과의 교역을 위해 장거리 이동에 나섰던 것은 이 교역이 위험부담은 있으나 상당히 높은 이윤을 보장했던 데에 기인할 것이다. 좀 더 많은 이윤을 추구하고자 하는 욕구, 당시 고려 상인들의 성취 욕구는 그것을 가능하게 해 주는 몽골제국 시기의 교역 환경 속에서 실현될 수 있었다. 몽골제국의 등장은 세계의 교역을 어떻게 변화시켰을까?

2) 회회아비가 운영하는 개경의 만두집, 「쌍화점」

쌍화점(필자 주: 만두 가게)에 쌍화 사러 갔더니
회회아비 내 손목을 잡았네….

————너무나 유명한 고려가요 「쌍화점」의 첫 구절이다. 여기에 등장하는 회회아비는 색목인(色目人)이라고도 불리는 몽골 제국기 서역인을 지칭하는 말로, 위구르인, 소그드인, 아랍인 등이 포함된다.

고려시대의 남녀상열지사로 유명한 「쌍화점」에는 쌍화점, 즉 만두 가게의 회회아비 외에도 삼장사라는 사찰의 승려, 우물의 용, 술집 주인 등이 회회아비와 같은 역할로 등장한다. 이는 이 시기 고려 사람들에게 회회아비가 사찰의 승려나 술집 주인처럼 주변에서 어렵지 않게 볼 수 있는 존재였거나 혹은 우물의 용과 같이 고려 사람이라면 누구나 다 알고 있는 존재였음을 보여 준다. 참고로 우물의 용은 고려 왕실의 용손의식과 관련되는 것으로 이해된다.

회회인을 포함한 몽골제국의 서역인들, 색목인들은 다수의 한인을 소수의 몽골인이 지배해야 했던 몽골제국의 지배체제 아래에서 몽골인을 보좌하면서 중요한 역할을 담당했다.

몽골제국 지배체제 아래에서 서역인들이 행했던 역할에는 정치적 역할도 포함되지만, 경제적 역할이 큰 비중을 차지하고 있었다.

전근대 시기 국제 무역은 대개 사신단의 움직임에 병행해서 이루어졌고, 이에 흔히 이를 '조공무역'이라고 부르기도 한다. 이러한 양상은 송대에 들어와서 변화하게 되는데, 송은 국가의 관리하에 사무역을 활성화시켰다. 연안의 항구에 시박사(市舶使)를 두어 해양을 통한 상인들의 무역을 관리했고, 북방의 국가들과는 국경에 각장(榷場)을 설치해 이곳에서 무역을 행하게 했다. 이들로부터 거두어들인 세금은 국가 재정의 기반이 되었고, 정부는 진주, 산호, 유향 등 일부 사치품을 전매해서 국가 수입을 확대하고자 했다.

이러한 양상은 원대에도 이어졌다. 다만 그 제국의 범위가 확대됨에 따라 육상 교역로도 자유롭게 이용할 수 있게 되어 각장 무역을 통해 간접적으로만 연결되어 있던 육상의 실크로드가 활성화되었다.

원대 무역 양상이 이전 시기와 다른 점은 그 범주와 무역로의 확대에 더해, 오르탁 무역의 성행을 들 수 있다. 오르탁의 발음을 한자로 옮겨 알탈(斡脫)이라 기록하므로, 알탈 무역이라고도 하며, 그를 행하는 상인들을 오르탁 상인, 알탈 상인이라고 한다. 오르탁 무역이란 정부에서 제공하는 선박과 자본을 가지고 오르탁 상인이 대리인으로서 무역을 행해서 그 수익금을 정부와 상인이 7:3 정도로 배분하는 형태의 무역을 가리킨다.

　　오르탁 상인들에는 소그드 상인이나 페르시아 상인의 후예로서 일찍부터 무역에 종사했던 중앙아시아의 무슬림 상인들이 주축을 이루었다. 이들에게 자본금, 즉 알탈전을 제공하는 주체로는 황제나 정부 외에 귀족 및 일반인까지도 포함되었다. 오르탁 상인들은 주로 서아시아와 중국을 오가며 상당한 규모의 자금을 운용하는, 그야말로 동서 교역의 주체로 활동했다.

　　이들의 주된 활동 범위에 고려가 포함되어 있지는 않았다. 따라서 이들이 정기적으로 고려를 방문해서 당시 몽골에서 성행하던 오르탁 교역의 면모들을 고려인들에게 노출시킨 것은 아니었다. 그러나 비정기적이나마 이들은 고려를 방문해서 서아시아의 물품들을 고려에 전했고, 13세기 후반에는 이미 상당수의 회회인들이 고려에 들어와 있었던 것으로 보인다. 위에서 본 「쌍화점」의 회회아비도 그러한 양상을 보여 주는 사례라고 할 수 있을 것이다. 이들이 굳이 몽골의 음식인 쌍화, 즉 만두를 파는 가게 주인으로 등장한다는 점은 단지 고려에 상당수의 회회인들이 들어와 있었다는 사실 이상으로, 당시 고려인들

에게 회회인이 상업과 연관선상에서 인식되고 있었음을 보여
주는 것일 수 있다.

　　또한 직접 고려에 들어와 있었던 회회인을 통하지 않더
라도, 오르탁 상인들의 활동이 이미 13세기 전반부터 활성화되
었던 것을 고려하면, 당시 원과 고려를 드나들던 고려 국왕 및
관료를 비롯, 많은 고려인들이 몽골제국 내의 교역 양상을 인
지하고 있었을 수 있다. 기왕의 연구에 따르면 이미 충렬왕 대
부터 고려 국왕들이 교역을 위해 서역과 접촉하거나 회회인들
을 통해 오르탁 교역에 편입하고자 하는 시도를 했다고 하니,
이윤에 밝고 직접 움직일 수 있는 고려의 상인들이 일찍부터
자유로워진 육상·해상 교역로를 통해 국제 교역에 적극적으로
나섰을 것임은 쉽게 짐작할 수 있다. 상인들이 소와 말을 국외
로 유출시키는 것이 민생을 어렵게 하는 문제점으로 지적된 것
이 이미 충렬왕 22년(1296)의 일이었다.

　　고려 국왕을 비롯한 왕실과 지배층의 교역에 대한 관심
은 원 간섭기 후반에 이르러 더욱 두드러진다. 재위 중 장기간
몽골에 억류되었던 충숙왕은 귀국 후 인사에서 상인들을 다수
등용했다. 여기에는 고려인뿐 아니라 한인, 색목인 등도 포함
되었다. 충숙왕이 수년간 몽골에 억류되어 있는 동안 체재 비
용을 고려로부터 조달하기도 했지만, 현지에서 측근들을 통해

대규모 재화를 운용하기도 했던 것을 고려하면, 이때 그의 주변에서 활동했던 자들이었던 것으로 보인다.

충숙왕의 아들 충혜왕이 국제 교역에 적극적이었음은 여러 사례를 통해 확인된다. 그가 측근인 "남궁신(南宮信)을 파견해 포화(布貨: 화폐로 통용되던 옷감) 20,000필 및 금, 은, 초(鈔)를 가지고 가서 유주(幽州)·연주(燕州)에서 매매하게 했다"라는 기록이나 "포를 회회가에 주어 그 이윤을 취했다"라는 기록 등은 충혜왕이 주도한 교역이 회회인들이 개입된 국제 교역이었음을 보여 준다. 나아가 그 후비 중 한 명은 상인의 딸이기도 했다.

몽골제국의 등장으로 확대된 국제 교역망 속에서, 고려인들은 국왕부터 민간에 이르기까지 적극적으로 이윤을 추구하고자 했다. 이 기회를 잡고자 했던 고려의 상인들은 사료에 그들의 이름을 남기지는 못했다. 그들과 유사하게 자신들의 성취를 위해 국경을 넘었던 제과 응시생이나 승려들, 혹은 몽골과의 관계 속에서 끌려간 공녀나 환관들 가운데 일부가 어떤 식으로든 이름을 남긴 것과는 대조된다. 그러나 1년 내내 국경을 넘나들며 길 위에서 보냈던 고려 상인들은 『노걸대』의 주인공으로 자신들의 존재를 각인시켰고, 그들이 거쳤던 행로와 과정의 고단함, 성취의 단맛은 여러 이유로 국경을 넘고자 하는 이들을 위한 한어 교재의 내용을 구성해 지금까지 전한다.

참고문헌

[저서]

이강한, 2013, 『고려와 원제국의 교역의 역사: 13~14세기 감춰진 교
      류상의 재구성』, 창비.

이개석, 2013, 『고려-대원 관계 연구』, 지식산업사.

이명미, 2016, 『13~14세기 고려·몽골 관계 연구: 정동행성승상 부
      마 고려국왕, 그 복합적 위상에 대한 탐구』, 혜안.

이익주, 2013, 『이색의 삶과 생각』, 일조각.

이종서, 2005, 『제국(帝國) 속의 왕국(王國) 14세기 고려와 고려인』,
      울산대학교출판부(UUP).

장동익, 1997, 『元代麗史資料集錄』, 서울대학교출판부.

정광 역주, 2010, 『譯註 原本 老乞大』, 박문사.

조혁연, 2019, 『빼앗긴 봄, 공녀』, 세창미디어.

최해율, 2008, 『유목민의 꽃: 몽골 여자복식의 흐름』, 민속원.

홍나영·신혜성·이은진, 2011, 『(韓中日) 동아시아 복식의 역사』, 교
      문사.

森平雅彦, 2013, 『モンゴル覇権下の高麗: 帝国秩序と王国の対応』,

名古屋大学出版会.

[논문]

김병곤, 2007, 「元의 宗教觀과 高麗 入元僧의 行蹟」, 『불교연구』 27, 한국불교연구원.

김인호, 2016, 「고려후기 이제현의 중국 문인과의 교류와 만권당」, 『歷史와 實學』 61, 역사실학회.

박경자, 2010, 「貢女 출신 高麗女人들의 삶」, 『역사와 담론』 55, 호서사학회.

박은옥, 2014, 「중국으로 간 공녀(貢女)의 음악활동 양상」, 『韓國音樂史學報』 53, 한국음악사학회.

_____, 2015, 「한·중 문화교류에서 공녀(貢女)의 역할: 복식(服飾)·음식(飮食)·음악(音樂)을 중심으로」, 『中國學』 53, 대한중국학회.

오기승, 2017, 「요동 고려인 洪氏 세력의 형성과 洪君祥의 행적에 대한 고찰」, 『지역과 역사』 40, 부경역사연구소.

윤은숙, 2016, 「大元帝國 말기 奇皇后의 內禪시도」, 『몽골학』 47, 한국몽골학회.

위은숙, 1997, 「원간섭기 對元貿易: 《老乞大》를 중심으로」, 『지역과 역사』 4, 부경역사연구소.

이강한, 2010, 「13세기말 고려 대외무역선의 활동과 元代 '關稅'의 문제」, 『도서문화』 36, 도서문화연구원.

이명미, 2018, 「'드라마적 상상력'과 '역사적 상상력'의 한계에 갇힌 고려시대 여성들」, 『여성과 역사』 29, 한국여성사학회.

_____, 2020, 「고려시대 불교 관련 金石文 撰述의 양상과 고려사회의 성격」, 『한국중세사연구』 60, 한국중세사학회.

이정신, 2001, 「永寧公 王綧 연구: 몽고침략기 왕족의 모습」, 『민족문화연구』 35, 민족문화연구원.

이형우, 2012, 「고려후기 이주에 대한 일고찰: 투항민 사례를 중심으로」, 『한국사연구』 158, 한국사연구회.

조명제, 2008, 「14세기 高麗 지식인의 入元과 순례」, 『역사와 경계』 69, 부산경남사학회.